Das Buch
Ein Badeunfall und seine Folgen: Die leidenschaftliche Wannenbaderin Ulrike Reimer, Ende fünfzig, Journalistin, wieder Single, rutscht in der Badewanne aus und kann nicht mehr heraus. Und während sie auf Rettung durch ihre Putzfrau wartet, zieht ihr wildbewegtes Leben an ihr vorbei.

»Wasser einlaufen lassen, lesen, lachen!«   *Revue*

»Ein Frauenleben, in dem sich gewiss viele Geschlechtsgenossinnen ihrer Generation wiedererkennen und ihren Spaß haben werden an der Lektüre.«   *Tages-Anzeiger*

Die Autorin
Herrad Schenk, geboren 1948, hat Wirtschafts- und Sozialwissenschaften in Köln und York (England) studiert und war wissenschaftliche Assistentin am Institut für Sozialpsychologie an der Universität Köln. Sie hat zahlreiche Romane und Sachbücher veröffentlicht und lebt als freie Autorin in der Nähe von Freiburg.

Weitere Titel bei Kiepenheuer & Witsch
»Am Ende«, Roman, KiWi 937

Herrad Schenk

In der Badewanne

Roman

Verlag Kiepenheuer
& Witsch

1. Auflage 2011

© 2007, 2011 by Verlag Kiepenheuer & Witsch GmbH & Co. KG, Köln
Alle Rechte vorbehalten. Kein Teil des Werkes darf in irgendeiner Form
(durch Fotografie, Mikrofilm oder ein anderes
Verfahren) ohne schriftliche Genehmigung des Verlages
reproduziert oder unter Verwendung elektronischer Systeme
verarbeitet, vervielfältigt oder verbreitet werden.
Umschlaggestaltung: Barbara Thoben, Köln
Umschlagmotiv: © plainpicture/Elektrons 08
Gesetzt aus der Adobe Garamond
Satz: Pinkuin Satz und Datentechnik, Berlin
Druck und Bindung: Kösel GmbH & Co. KG, Krugzell
ISBN 978-3-462-04274-0

I

Ich hätte auf Hille hören sollen.

Das ist der erste klare Gedanke, der zwischen zerfließenden Bildern und vagen Halbsätzen auftaucht. In meinem Kopf flirren rötliche Punkte vor einem violetten Untergrund, die zu orangefarbenen Kreisen anwachsen und nach und nach an den Rändern im Violett zerfasern. Als ich blinzelnd die Augen öffne, sehe ich erst Grün und dann Blau und dann klar und unverrückbar vor mir, über mir, das schwarze Möbel gewaltig aus dem grünen Wasser ragen. Es ist ganz still um mich her. Nur die Straße rauscht weit entfernt, und nahebei knistert leise der in sich zusammensackende Badeschaum. Ich muss kurz weg gewesen sein. Bewusstlos? Der Schreck, ein Schock? Hilles berühmter gesunder Menschenverstand. Ich kann nur für Sekunden weg gewesen sein. Denn das Wasser ist noch warm.

Da sitzt du nun fest in deiner geliebten Badewanne!, sage ich mir. Hätte ich auf Hille gehört, wäre ich jetzt nicht in dieser Lage.

Badewannen sind überholt, hatte sie erklärt, als ich das Bad renovieren ließ, und mir empfohlen, stattdessen eine Dusche einzubauen. Das spart Platz – und wer badet heute noch?

Ich! Ich will baden!

Heute duscht man, erklärte Hille. Es geht zügiger, man tut es täglich, mal abgesehen von dem gewaltigen Wasserverbrauch beim Baden.

Aber ich denke gar nicht daran, täglich zu duschen. Davon bekommt man nur Allergien. Ich will wie in alten Zeiten einmal in der Woche und in besonderen Stimmungen mein Wannenbad. Ich finde Baden nun mal unvergleichlich genüsslicher.

Du wirst älter, verkündete Hille düster, als sei es eine gewichtige Prophezeiung, und du willst doch hier bis an dein Lebensende wohnen. Die Badewanne ist der Engpass im hohen Alter, da kommst du später vielleicht noch rein, aber nicht wieder raus.

Ich habe vor, noch mindestens zwanzig Jahre lang allein in meine Wanne hinein- und wieder aus ihr herauszusteigen, höhnte ich. Du gehst doch auch nicht schon jetzt ins Altersheim, weil du es mit Mitte neunzig vielleicht nötig hast. – So oder so ähnlich verlaufen Gespräche mit Hille gern. Ihre apodiktischen Behauptungen machen mich manchmal rasend. Dennoch ist sie meine beste Freundin.

Und jetzt hocke ich hier in meiner Badewanne, ich

werde im Frühjahr sechzig, ich schmeichle mir, noch einigermaßen beweglich zu sein für mein Alter, trotz der fünf oder sieben Kilo Übergewicht, und komme nicht wieder heraus. Das ist komisch. Das ist beinahe zum Schreien komisch.

Noch einmal packe ich das Möbel über mir mit beiden Händen, versuche es erst zu stemmen, dann dagegenzudrücken, zuletzt daran zu ziehen. In den Armen hatte ich noch nie viel Kraft. Es ist ein schweres, altmodisches Teil, Massivholz, mit Rückenwand, und es rührt sich keinen Millimeter. Mein linkes Bein schmerzt. Es ist unter einer Seitenwand des Regals eingeklemmt. Ich lasse den Oberkörper zurück in das besänftigende warme Nass gleiten.

Nun siehst du, was du von deiner Badewanne hast, sagt Hille in meinem Kopf. Nun erntest du, was du gesät hast. Wie man sich bettet, so liegt man.

In gewisser Weise trifft es zu, dass ich mich selber so gebettet habe – obwohl »betten« viel zu sanft klingt für meinen harten Fall. Hochmut kommt vor dem Fall.

Jetzt hör aber mal auf mit den dummen Sprüchen!

Im Übrigen ist eine Badewanne nicht der schlechteste Ort, wenn man schon einen Fall tun muss. Ich hätte zum Beispiel auch in der Küche ausrutschen und im Stürzen den Geschirrschrank über mich ziehen können – dann läge ich jetzt vielleicht mit gebrochenem Bein und Schnittwunden zwischen Scherben. Die Badewanne ist dagegen vergleichsweise kommod, und ist es nicht ein Glück, dass sich nur ein Bücherregal über mir entleert hat? Außerdem kann ich mit dem ausgestreckten Arm noch immer den Heißwasserhahn erreichen. So kann ich immerhin warmes Wasser nachlaufen lassen, wenn mir kühl und ungemütlich wird.

Der Punkt ist nur: Läge ich jetzt zwischen Scherben auf dem Küchenfußboden, dann könnte ich vermutlich selbst mit gebrochenem Bein noch immer zum Telefon robben und jemand um Hilfe bitten.

Ich habe die Bücher, die das Regal über mir und der Wanne ausspuckte, so schnell wie möglich, eins nach dem anderen, aus dem Wasser gefischt und auf den flauschigen Teppich geworfen, wo sie hoffentlich etwas trocknen werden. Fontane, über den der Badeschaum kroch, die schöne alte Ausgabe, das traf mich noch härter als das Absaufen der aktuellen Neuerscheinungen. Instinktiv begann ich, als ich wieder zu mir kam, sofort mit der Erste-Hilfe-Aktion für die Bücher, gleich nach dem vergeblichen Versuch, mich aus der Wanne zu befreien. Meine kleine Badezimmerbibliothek wird scheußlich zugerichtet sein.

Hille hat schon recht: Bücher gehören eben nicht ins Bad. Jetzt bedauere ich es, dass ich sie alle so weit weggeworfen habe. Ich hätte mir wenigstens einen

Schmöker in Reichweite lassen sollen. Falls das hier länger dauert.

Meine Mutter hatte Tränen in den Augen, als sie die aufgequollenen Bücher in der Badewanne schwimmen sah, nachdem wir im Frühsommer 1945 wieder in Großmutters Haus zurückgekehrt waren, das die Amerikaner für ein paar Wochen beschlagnahmt hatten. Vermutlich war die Besatzung wieder abgezogen, weil ihnen das große alte Haus am Hang viel zu unbequem war, mit den hundertundsieben Treppenstufen bis zum Eingang und den hohen, nur schwer zu beheizenden Räumen und dem einzigen altmodischen Bad. Bevor die amerikanischen Soldaten das Haus verließen, hatten sie kistenweise Bücher in die Badewanne und die Toilette gekippt und beide voll Wasser laufen lassen. Was haben die Bücher ihnen getan?, klagte Mutter. Vielleicht wollten sie damit zum Ausdruck bringen, was sie vom Volk der Dichter und Denker halten, meinte meine Tante. Wenn es noch die Russen gewesen wären, rief meine Mutter, aber die Amerikaner? War es der Hass auf alle Deutschen, oder nur auf Deutsche mit vielen Büchern, oder speziell auf uns? Sie werden einfach nur besoffen gewesen sein!, mutmaßte meine Großmutter, der mehr wegen der zerschmetterten Einmachgläser zum Weinen war. Wie sollten wir ohne Eingemachtes den ersten Nachkriegswinter überleben? Die amerikanischen Hausbesetzer hatten sie ausnahmslos aus dem Fenster auf die Terrasse geworfen, wo sie in tausend Scherben zersprungen waren, ebenso wie die wenigen im Keller noch verbliebenen Weinflaschen, natürlich erst, nachdem sie die geleert hatten. Ich war damals noch ein Baby, aber ich sehe es deutlich vor mir; sie haben so oft davon erzählt.

Bücher gehören nicht ins Badezimmer, weil sie dort feucht werden, sagte Hille missbilligend, als ich ihr mein renoviertes und neu eingerichtetes Badezimmer vorführte. Ich bin stolz darauf, dass es wie ein kleines Wohnzimmer ausschaut, so ein ganz besonders gemütliches kleines Wohnzimmer, das genaue Gegenteil von der sterilen und keimfreien Nasszelle der Deutschen. Gegen die Feuchtigkeit hilft das Dachflächenfenster direkt über der Wanne, das man mit einem Metallstab aufstoßen kann. Ich habe es vorhin geöffnet, bevor ich ins Bad stieg. Dort hinaus können die feuchten Dämpfe entfleuchen!, erklärte ich Hille. Ich finde es herrlich, auf dem Rücken im warmen Wasser zu liegen, mein ganz persönliches Stück Himmel zu betrachten, fein säuberlich im Rechteck ausgeschnitten. Auch jetzt ist der Himmel ein tröstliches blaues Deckengemälde über mir, mit einem weißen Kumuluswölkchen, das gemächlich durch das Rechteck zieht.

Ich bin in einer misslichen Lage und muss etwas

unternehmen. Um Hilfe rufen wäre albern. Außerdem würde mich niemand hören. Zwar steht das Dachfenster offen und dazu noch einen Spaltweit das kleine Fenster am Fußende der Wanne. Doch obwohl es zum Hinterhof hinausgeht, hätte ich keine Chance, den gleichmäßigen Geräuschpegel der Durchgangsstraße vor dem Haus zu übertönen.

Ich bin auch in einer lächerlichen Lage, nackt in der Badewanne. In der Badewanne ist man meistens nackt. Sich nackt in der Badewanne zu befinden ist ein Synonym für Verletzlichkeit und Lächerlichkeit! Denk an Jean-Paul Marat, der in der Wanne saß, als er von Charlotte Corday mit dem Küchenmesser erstochen wurde. Denk an Agamemnon, der sich nach seiner Rückkehr aus Troja von Staub und Blut reinigen wollte; vermutlich lag er völlig entspannt im warmen Wasser, ganz und gar mit sich und seinen Heldentaten zufrieden, als Klytemnästra und Ägisthos mit ihren Dolchen über ihn herfielen. Zuvor fixierten sie ihn mit einem Netz im Zuber, damit er sich nicht wehren konnte. Der Tote in der Badewanne bei Dorothy Sayers war dagegen bereits eine Leiche, als er dort deponiert wurde, übrigens in voller Montur. Die Badewanne ist ein gefährlicher Ort. Meines Wissens ist eine umfassende Geschichte aller Badewannenmorde in Mythologie, Fiktion und Wirklichkeit bisher nicht geschrieben worden. Es müssen unzählige Morde gewesen sein. Ein profunder Gedanke, aber er hilft mir jetzt auch nicht weiter.

Das Schlimmste, was mir passieren kann – leider auch das Wahrscheinlichste –, ist, dass ich in dieser lächerlichen Lage ausharren muss, bis morgen früh um acht Frau Bisam kommt, meine Putzfrau. Das wird peinlich genug sein. Hoffentlich bekommt sie das sperrige Regal aus der Wanne gewuchtet. Ich kann dazu aus meiner jetzigen Position, in der Rückenlage, nicht viel beitragen. Und ich sollte jetzt schon einen Plan B machen für den Fall, dass sie es nicht schafft.

Die Feuerwehr? Willst du dich zum Gespött der Leute machen? Vielleicht ist der freundliche Nachbar aus der Erdgeschosswohnung das kleinere Übel? Peinlich, einfach peinlich! Bernd Süssmeyer, der vorzeitig in den Ruhestand versetzte Gymnasiallehrer (Geschichte und Geografie) – fast alle Lehrer, die ich kenne, sind vorzeitig pensioniert! –, ist im Treppenhaus immer sehr freundlich und bemüht und hat mich schon zweimal zum Tee eingeladen. Die dritte Einladung habe ich noch nicht angenommen, nachdem er schon nach der ersten eine übertriebene Anhänglichkeit entwickelte. Wer hätte geglaubt, dass ich mal in einem Haus voller alter Leute wohnen würde? Ich gehöre hier noch zu den Jüngsten.

Frau Bisam bitten, Annegret und Heinz zu benachrichtigen? Hille? Die schafft das körperlich erst recht nicht, wenn die Bisam es nicht hinkriegt. Doch beide zusammen? Hille ist jedenfalls immer gut für pragmatische Lösungen. Ich habe noch ein paar Stunden, um darüber nachzudenken.

Verhungern werde ich nicht, nur weil ich heute mal kein Abendbrot bekomme. Ich hatte mich so auf den gemischten Meeresfrüchtesalat beim Italiener gefreut, wo ich mich mit Sebastian Bleibtreu treffen wollte. Ich gehe nur noch selten zum Essen aus, und wenn, dann meist mit Hille – mit Männern so gut wie gar nicht mehr. Immerhin beruhigend, dass ich mit einiger Mühe die halbe Tafel Bitterschokolade auf dem Kosmetikschränkchen erreichen kann, die ich dort in Vorfreude und zur Beruhigung meiner Nerven deponiert hatte. Die spare ich mir noch ein bisschen auf. Es gibt auch noch einen Rest Tee in der Thermoskanne. Verdursten werde ich am wenigsten, von Wasser umgeben.

Vermutlich ist es nicht gesund und ganz bestimmt nicht zuträglich für die alternde Haut, stundenlang im warmen Wasser zu liegen und aufzuweichen. Doch ich glaube nicht, dass schon mal jemand an Aufweichung gestorben ist. Sicher ist im Guinness Book of Records längst ein mehrwöchiges Marathon-Dauerbaden verzeichnet, gegen das die paar Stunden, die wohl auf mich noch warten, sich ziemlich bescheiden ausnehmen werden. Vielleicht war überhaupt Marat der erste Dauerbader; irgendwo habe ich gelesen, er sei »seiner Hautkrankheit wegen an die Badewanne gefesselt« gewesen, als die Corday ihn erstach, so wie andere Kranke ans Bett gefesselt sind. Er litt an Skrofulose, einer offenbar aus der Mode gekommenen Krankheit, die zugegebenermaßen reichlich unappetitlich klingt. Meines Wissens gibt es keine Todesursache »unaufhaltsame irreversible Verschrumpelung«. Was mit Wasserleichen geschieht, passiert doch wohl nur, weil und wenn sie schon tot sind. Vermute ich mal. Also kein Grund, mir wirklich ernsthafte Sorgen zu machen. Sollte ich wider Erwarten einschlafen und unter Wasser sacken, werde ich schon von selber wieder wach, wenn es in Mund oder Nase dringt.

Aber vielleicht versuche ich doch noch mal, mein Bein irgendwie unter dem blöden Regal hervorzukramen.

Infame Schmerzen. Das lass mal gleich wieder bleiben! Übrigens auch etwas Kopfweh. Sollte ich im Fallen mit dem Hinterkopf auf den Wannenrand geschlagen sein? Tatsächlich ist da eine Beule, ich kann sie deutlich fühlen. Mit dem rechten ausgestreckten Arm kann ich die Tabletten im Kosmetikschränkchen erreichen, wenn ich mich ein bisschen dehne und strecke. Aber noch schmerzt das Bein zu sehr für ein neues Expansionsabenteuer. Und noch ist es auch so einigermaßen bequem. Glücklicherweise habe ich ein sehr komfortables Badewannenkopfkissen, eines von diesen Luftkissen, die man an den Badewannenrand klebt.

Ich habe inzwischen mehrfach versucht, aus der verdammten Wanne auszusteigen. Vergeblich. Die rechte obere Ecke des Bücherregals hat sich so unglücklich darin verkeilt, dass ich es einfach nicht schaffe, den eingeklemmten linken Unterschenkel unter ihm vorzuziehen. Glücklicherweise ist er nicht gebrochen – ich nehme das jedenfalls an, sonst müsste es stärker schmerzen. Wenn ich das Bein nicht bewege, tut es kaum weh, nicht mehr als man von einem eingeklemmten Bein erwarten würde. Aber was weiß ich – vielleicht spürt man auch von einem Bruch wenig, solange man in mehr oder weniger warmem Wasser liegt und das entsprechende Glied nicht sonderlich bewegt. Als ich es herauszuziehen versuchte, schmerzte es scheußlich, wenn ich ehrlich bin.

Vorläufig versuche ich es besser nicht mehr.

Also, das war so … Ich probe meine Erklärung für Frau Bisam, die morgen früh um acht mit offenem Mund in der Badezimmertür stehen wird, hinschaut, wieder wegschaut, noch mal hinschaut, vielleicht geschockt: Ich seh nicht hin! ruft. Vermutlich wird sie mir als Erstes mit abgewandtem Blick ein großes Badehandtuch reichen, noch ehe ich überhaupt eine Chance habe, meine Nacktheit voll zur Schau zu stellen. Immerhin bin ich zur Hälfte mit einem Bücherregal bekleidet.

Also, Frau Bisam, das war so: Ich nahm gerade ein Bad, als es plötzlich ein schepperndes Geräusch am Fenster gab, als hätte jemand etwas dagegengeworfen … Für Hille wird es eine zweite, ehrlichere Version geben: Du weißt doch, der neue Mieter auf dem mittleren Balkon im Haus gegenüber, ich hatte dir doch von ihm erzählt … Zu Frau Bisam: Ich denke, was ist denn das für ein Geräusch!, und will aufstehen, um nachzuschauen. Halte mich dabei nicht wie gewöhnlich am Wannenrand fest, weil man mich sonst durch das einen Spaltweit geöffnete Fenster von gegenüber hätte sehen können, sondern dummerweise am Bücherregal. Und dann bin ich ausgerutscht, sodass ich einen Augenblick lang mit meinem ganzen Gewicht am Regal hing und es dabei aus der Halterung gerissen habe. – Zu Hille: Das kleine Fenster am Fußende meiner Wanne war einen Spaltweit geöffnet, und ich sah, wie der Neue von Gegenüber auf seinen Balkon trat und mit einer Yoga-Übung begann. Da war es doch ganz natürlich, ein bisschen neugierig zu werden. Ich fragte mich, während ich meinen Hals nach ihm verrenkte, mich so weit wie möglich in der Wanne aufrichtete und dabei dummerweise am Regal festhielt, ob er seinen Gruß an die Sonne vielleicht nackt ausführte? So war es im Übrigen auch, weiter siehe oben, ich habe das noch registriert, während ich ausrutschte und das Regal von der Wand riss – splitternackt!

Na denn, wird Hille knochentrocken bemerken. Dann hat es sich ja wenigstens gelohnt.

Wer oder was ist also schuld an meiner gegenwärtigen Misere?

1. das Bücherregal (das laut Hille nicht ins Badezimmer gehört, also ich), 2. die Turnübungen des neuen Mieters auf seinem Balkon (beziehungsweise meine peinliche Neugier, also ich), 3. Herr Bleibtreu aus meinem Volkshochschulkurs, ohne den ich gar nicht auf die Idee gekommen wäre, heute ein Bad zu nehmen (meine alberne Hoffung auf ein nettes Date, wider alle Erfahrung unbelehrbar, also wieder ich).

Was wird er denken, wenn ich nicht beim Italiener erscheine?

2

Keine Ahnung, wie spät es ist. Es war kurz vor sechs, als ich in die Wanne stieg und meine Armbanduhr auf der Ablage über dem Waschbecken deponierte. Da liegt sie außerhalb meiner Reichweite.

Zwischen sieben und acht Uhr, näher an acht, schätze ich. Ich muss wohl ein bisschen eingedöst sein. Mich friert, kein Wunder, das Wasser ist fast kalt. Ich ziehe mit der rechten Hand den Stöpsel unter mir, um ein bisschen Wasser ablaufen zu lassen, und drehe dann sofort den Heißwasserhahn auf. Mir scheint, das Licht da draußen bekommt schon diese pastellene Dämmerungsnote. Vielleicht war ich auch minutenlang fest eingeschlafen. Als ich hochschreckte, schmerzte das linke Bein. Wenn es nun doch gebrochen ist?

Ich erwachte davon, dass ich sagte: »Und wer spricht da?« Ich glaube, ich meinte mich selber. Keine Ahnung, was in meinem Kopf gesprochen wurde, während ich träumte. Ganz im Ernst frage ich mich heutzutage manchmal, wer es ist, die da »Ich« sagt. Die meiste Zeit meines Lebens war ich mir meiner Identität einigermaßen sicher. Doch seit Kurzem (seit wann eigentlich? Seit ich nicht mehr im Beruf bin? Hat es mit Bodo zu tun? Mit dem Altern allgemein?) habe ich das klare Bild von mir selber verloren.

Äußerlich wäre ich leicht zu beschreiben: eine ältere Frau, würden die Leute sagen, um die 60 – ich finde zwar, dass ich wesentlich jünger aussehe als meine 59 Jahre, aber ich weiß nur zu gut, dass alle beinahe 60-Jährigen das von sich denken. Unauffällig, würden die Leute sagen, eine Frau undefinierbaren Alters. Ein Mensch von dem Geschlecht, das man vom Mittelalter an nicht mehr sonderlich wahrnimmt, chronisch unauffällig ist vielleicht noch das Beste, was andere von einem denken können, wer unauffällig ist, macht sich wenigstens nicht lächerlich.

Jedenfalls schon eine ganze Weile entfernt von der Zeit, als sich die Männer die Mühe machten, ein zweites Mal hinzuschauen, aber glücklicherweise noch weiter entfernt von dem Alter, in dem man Hilfe beim Ein- und Aussteigen in die Badewanne benötigt. Ich habe lange gebraucht, mich an diese Unsichtbarkeit zu gewöhnen, auch wenn ich mich damit trösten konnte, dass es für Frauen, die in ihrer Jugend sehr gut aussahen, noch schwerer sein muss. Ich habe übrigens nie zu den Frauen gehört, die die Männer durch ihre bloße Erscheinung faszinieren, ich musste mir auch früher schon was einfallen lassen, damit die, die mich interessierten, auf mich aufmerksam wurden. Und trotzdem ist dieses Unsichtbarwerden im mittleren Alter kränkend! Ob sich wohl die Japanerinnen in diesem Punkt mit dem Altern leichter tun; ich habe mir sagen lassen, dass die Männer die Frauen dort niemals direkt anschauen, sondern immer über sie hinweg oder durch sie hindurch. Dann vermissen die vielleicht auch jenseits der vierzig oder fünfzig nichts.

Ich könnte mich mit Miss Marple trösten, die es sich zunutze zu machen wusste, dass sie ihrer farblosen Ältlichkeit wegen von sämtlichen Gegenspielern stets chronisch unterschätzt wurde. Aber ich will nun mal nicht unauffällig ältlich sein! Ich wollte im Gegenteil immer eine skurrile Alte werden! Soweit ich überhaupt eine Vorstellung von meinem Alter hatte, war es diese.

Ich habe es damals mit großer Erleichterung registriert, als die Lebensphase vorüberging, in der einem die Bauarbeiter vom Gerüst aus hinterherpfiffen. Von wegen »schöne Jugend«! Diese Zeiten, in denen es geschehen konnte, dass ich, wenn ein Autofahrer mich über sein heruntergekurbeltes Seitenfenster nach dem Weg fragte und ich mich hilfsbereit zu ihm hinunterbeugte, plötzlich in den Busen gekniffen wurde –

und das Auto dann fröhlich hupend davonfuhr. Das dummdreiste Grinsen des Fahrers sah ich noch im Seitenspiegel. Die ohnmächtige Wut darüber, dass man nicht darauf gefasst war und deswegen nicht schnell genug eine beißende Bemerkung parat hatte, dass nie Gelegenheit war, zurückzukneifen, dass man viel zu selten den Mut hatte, solchen Männern eine Ohrfeige zu verpassen! Da war ich noch zu jung, um zu wissen, dass dergleichen nur verklemmte Männer tun, die ihr Mütchen an den jungen und ängstlichen Frauen kühlen müssen, und dass sie es nicht mehr wagen, wenn deren körperliches Selbstbewusstsein gewachsen ist. Danach kam die gute Zeit, in der man sich vom Hals halten konnte, wen man nicht mochte, und sich mit ein bisschen Courage und Glück nehmen konnte, was einem gefiel – doch leider ist diese Zeit, auf das ganze Leben gerechnet, bedauerlich kurz, vielleicht ein oder zwei Jahrzehnte.

Der nächste Einschnitt ist ungefähr Anfang vierzig, zu einer Zeit, in der man sich im Spiegel eigentlich noch recht gut gefällt. Eines Tages registriert man, dass die flirtigen Blickkontakte beim Autofahren von Fahrersitz zu Fahrersitz seltener werden. Wie gewohnt schaut man, wenn man an einer Ampel warten muss, gelangweilt in den Nachbarwagen, sieht da vielleicht einen interessanten Mann und deutet ein halbes Lächeln an, wenn der seinerseits den Kopf herüberwendet; gewöhnlich lächelt der andere breit zurück. Doch eines Tages gleitet der Blick des Mannes im Nachbarwagen leer über einen hinweg. Das erfährt man zweimal, fünfmal, vielleicht zehnmal, bis man endlich begriffen hat und für immer mit dem erwartungsvollen Lächeln aufhört.

Na, sagte Hille, als ob das ein großer Verlust wäre! Auf derlei Bestätigung konnte ich immer ganz gut verzichten.

Nicht dass ich je mit Autozufallsbekanntschaften angebändelt hätte. Das war auch nicht mein Genre. Doch es war ein Zeichen. Es signalisierte, dass man für anonyme Betrachter schon alt wurde, als man sich noch gar nicht alt fühlte. Auch wenn die Männer im Freundeskreis immer noch ausriefen: Blendend siehst du aus, meine Liebe! Lass dich umarmen!, und diesen Umarmungen gern eine pikante Note gaben. Da dämmerte einem allmählich, dass dergleichen längst nur noch nostalgisches Zitat war. Anlässe, zu denen noch einmal etwas inszeniert wurde, für beide Seiten – harmlos für Gutgläubige!

Umso erstaunlicher ist es gewesen, dass es danach in meinem Leben noch mal ganz anders kommen konnte. Die Begegnung mit Bodo war wie ein Wunder, nach den langen Jahren der Dürre. Doch an Bodo will ich mich nicht erinnern, schon gar nicht in der Badewanne. Es wäre auch mehr als lächerlich, jetzt beschwörend an Sebastian Bleibtreu aus meinem Volkshochschulkurs zu denken. Ein sympathischer Mensch, aber als Gegengift taugt er kaum. Ich sollte mir die Zeit mit anderen Reminiszenzen vertreiben.

Am vernünftigsten wäre es allerdings – und definitiv souveräner! –, wie Hille zu sagen: Dieses Kapitel ist ein für alle Mal abgeschlossen! Du hast es doch wohl nicht nötig, dich auf diese Facette deiner Identität zu reduzieren, als wärest du zeitlebens nichts als ein Weibchen gewesen!

Es geht mir doch derzeit nicht schlecht im Leben, ich bin zufrieden, im Großen und Ganzen jedenfalls, von dem peinlichen Missgeschick jetzt einmal abgesehen. Das muss ich nun mit Geduld aussitzen. Grundsätzlich bin ich mir selbst genug, ich brauche niemanden! Das Dumme ist nur, dass sich das mit mehr Nachdruck denken ließe, wenn ich aus meiner Badewanne ganz einfach wieder aufstehen könnte.

3

Das Kapitel »Männer« begann für mich vor vierzig Jahren mit Harry. Zwar fing es nicht in der Badewanne an, wir waren schon ein Paar, als ich ihn damals mit seiner Wäsche überraschte. Sonst wäre ich ja auch nicht unbekümmert zu ihm ins Badezimmer marschiert. Aber die Begebenheit, die mir jetzt einfällt, muss sich ganz zu Anfang unserer Beziehung abgespielt haben.

Es war während meines Studienaufenthalts in England. Damals hatten Studenten noch keine eigenen Waschmaschinen. Die meisten fuhren am Wochenende mit ihrer Wäsche nach Hause, um sie von der Mama besorgen zu lassen, das war so üblich. Manche hatten ein Arrangement mit ihrer Vermieterin und durften deren Waschmaschine benutzen, manche erledigten zumindest die sogenannte kleine Wäsche selbst, manchmal verbotenerweise im Waschbecken auf dem Zimmer. Ansonsten suchte man öffentliche Waschsalons auf.

Ich erinnere mich noch gut an meine Verblüffung, als ich Harry in der Badewanne sah: Rührung, aber auch so was wie Bewunderung: Was für ein dummer großer Junge er doch ist! Wahrscheinlich mischte sich auch eine Spur Herablassung in meine Anerkennung. Ihm schien es ganz egal, dass man ihn für komisch halten könnte, und dafür bewunderte ich ihn.

Harry war ein Bergarbeitersohn aus dem nordenglischen Kohledistrikt im County Durham. Er fühlte sich als Außenseiter an der Universität und tarnte seine Einsamkeit, indem er demonstrativ alles verachtete, was ihm »bourgeois« erschien. Dieses längst ausrangierte Wort aus dem Vokabular des Klassenkampfes habe ich von niemandem so häufig gehört wie von ihm. Später habe ich, wenn andere mich fragten: Wie ist er denn so, dein Harry?, geantwortet: Er gehört zu den Männern, die Lyrik lieben und ihre Strümpfe selbst stopfen – und das war lange das höchste Lob, das ich einem Mann zollen konnte. Nur solche Männer kamen als Gefährten für mich überhaupt in Frage!

Übrigens hat mir Sebastian Bleibtreu etwas verschämt erzählt, dass er gern bügelt. Bügeln sei für ihn eine meditative Tätigkeit. Meistens bügele er Sonntagvormittag, wenn im Kulturprogramm unseres Regionalsenders der einstündige philosophische Vortrag gesendet werde. Dann höre er entspannt zu, bügele seine Hemden und Hosen, auch Tischtücher, Servietten und Taschentücher – ich glaube, ich kenne außer ihm keinen einzigen Menschen, der noch Tischtücher bügelt! –, und trinke ein Glas Rotwein dabei. Ich habe ihn nicht gefragt, ob er auch seine Unterwäsche bügelt. Und wer verwendet heute noch Stofftaschentücher!

Harry, hi, sagte ich durch die Badezimmertür, nachdem ich geklopft hatte. Triffst du mich nach deinem Bad im Junior Common Room, auf einen Kaffee?

Komm rein!, antwortete er. Ich hörte das leise Klatschen des Wassers, das über Bord ging, als er sich über den Wannenrand beugte, um den Türriegel aufzuschieben. Die Badezimmer im College – eines für je fünf Zimmer auf dem Gang – waren klein, und man musste vor dem Baden zwei Schillinge einwerfen, um den Boiler aufzuheizen, dann gute zwanzig Minuten warten. Ich wunderte mich nicht, Harry mit einem Buch in der Wanne zu finden, das er jetzt vorsichtig mit ausgestrecktem Arm in Schulterhöhe balancierte. Ein Buch aus der Unibibliothek, das auf keinen Fall nass werden durfte, bestimmt so etwas Schwergewichtiges wie die »Phänomenologie des Alltagslebens« oder die »Philosophie des Als-Ob«, das waren so seine Schmöker. Seine blonden Locken standen in der feuchtwarmen Luft wirr um seinen Kopf. Er hatte seine Brille auf dem Stuhl neben der Wanne abgelegt und begrüßte mich mit diesem verletzlichen kurzsichtigen Blick und dem warmen kleinen Lächeln. Leider kann ich dir keinen Platz in der Wanne anbieten, sagte er bedauernd. Das sah ich sofort ein. Denn um ihn herum schwamm in leicht bräunlicher Brühe, mit ein wenig gelblichem Schaum versetzt, seine gesamte Wäsche: Unterhosen, Hemden, Socken, Cordjeans, T-Shirts.

Warum soll man zweimal heißes Wasser verschwenden, sagte er, und all die gute Zeit – ich mache das alle zwei Wochen in einem Aufwasch.

Wir waren damals noch Kinder, beide erst zwanzig Jahre alt, jedenfalls erscheint es mir von heute aus, als seien wir bloße Kinder gewesen. Er war ein »Junge« und ich ein »Mädchen«, ich wandte in dieser Zeit auf uns noch nicht die Kategorie »Mann« und »Frau« an. Und es war eine Kinderliebe.

Bei Harry zu Hause gab es kein Badezimmer. Keines der kleinen Reihenhäuser der Bergarbeitersiedlung verfügte über solchen Luxus. Eine Küche und eine Stube im Erdgeschoss, zwei kleine Schlafzimmer im ersten Stock, eines für die Eltern, eines für die drei Söhne. Harry war der Jüngste, Mutters Liebling, der Aufsteiger, die beiden Älteren wurden wie ihr Vater Bergarbeiter. Im backyard, dem kleinen Hinterhof, gab es ein Plumpsklo im Bretterverschlag.

Freitagabends, wenn der Vater von der Schicht komme, erzählte Harry, hole die Mutter von draußen einen großen hölzernen Trog in die Küche und heize am offenen Kamin, auf dem auch gekocht werde, in dem immer, sommers wie winters, ein Feuer brenne, das im Übrigen auch die einzige Heizung des Hauses sei, mehrere Kessel Wasser auf. Dann schrubbe sie erst dem Vater und anschließend den beiden Brüdern den Rücken. Und die sind dann nicht nur ein bisschen verschwitzt, rief er zornig, die sind richtig dreckig, die sind schwarz, schwarz vom Kohlestaub! – Der Nachdruck, mit dem er die Worte »filthy« und »black« hervorstieß, drückte seine ganze Verachtung gegenüber den nur leicht verschwitzten Mittelschichtangehörigen aus, und ich fragte mich einen Augenblick lang ängstlich, ob er mich wohl auch dazu zählte, weil wir zu Hause ein richtiges Bad hatten, während vor meinen Augen schwarze speckige Rückenschwarten erschienen, von denen Schwalle dunkler Brühe in den Zuber flossen.

Wenn ich auch nie Zeugin dieser Badezeremonie geworden bin, so habe ich doch Haus und Badetrog selber gesehen, auch das Plumpsklo benutzt, als ich mit ihm seine Eltern besuchte, vielleicht dreimal in unserer gemeinsamen Zeit. Das war Ende der 60er-Jahre. Morgens wuschen wir uns tatsächlich alle nacheinander in einem Wasserbottich in der Küche, den die Mutter, die als Erste aufstand, hereintrug, während der Vater den Kamin einheizte. In Deutschland hatten damals schon fast alle Häuser Badezimmer und WC.

Harry war der einzige Junge aus seinem Dorf, der eine höhere Schule besuchte, ganz zu schweigen von der Universität. Er machte seinen B. A. und später den M. A. als Jahrgangsbester. Im klassenbewussten England blieb er trotz seiner glänzenden Examen immer ein Fremdling in der akademischen Mittelschicht. Vielleicht hatte er sich auch deswegen in mich verliebt, in die Ausländerin, die ebenfalls Außenseiterin war.

Ich habe ihn nach drei Jahren verlassen, für eine bloße Fata Morgana. Dabei war er ein Mann, mit dem ich hätte leben können. Aber ich war noch zu jung, um seine Vorzüge wirklich zu schätzen, ich musste einfach noch jede Menge Irrwege gehen. Wäre ich ein Mann, hätte man mir zugebilligt, dass ich mir »erst die Hörner abstoßen« müsse, wie das früher hieß. In mir war damals so viel innere Unruhe, ich lief vor etwas weg, vor dem ich mein Leben lang auf der Flucht war, vielleicht bis heute.

Wie lang ist das alles her, Nostalgie ohne Bedeutung. Wie ein Kinofilm über ein fremdes Leben. Heutzutage geschieht es nicht mehr oft, dass ich durch die Ritzen meiner Gegenwart zurück in die Vergangenheit falle.

Ich lasse es nämlich gar nicht erst zu, dass sich diese Ritzen auftun. Lebenskunst in meinem Alter besteht darin, nichts mehr zu hoffen und nichts zu erwarten, dann kann einen auch niemand enttäuschen.

Jetzt lasse ich erst mal angenehm heißes Wasser nachlaufen, kleine wohlige Schauer durchrieseln meinen Körper, und dann angele ich mir die halbe Tafel Schokolade, die auf dem Kosmetikschränkchen liegt, bittersüß, siebzig Prozent Kakaogehalt, meine Lieblingsschokolade. Harry ist Professor für Soziologie an unserer gemeinsamen Uni geworden, vielleicht ist er das heute noch. Vor Jahren habe ich herausgefunden, dass er einige Zeit nach unserer Trennung eine Spanierin geheiratet hat, eine alleinerziehende Mutter mit zwei kleinen Mädchen.

Moment, sage ich mir, teil dir die Schokolade ein, meine Liebe, iss jetzt nur einen Riegel. Die Zeit in der Wanne könnte dir noch lang werden.

4

In meiner Kindheit fand das Bad am Samstagabend in derselben Badewanne statt, in der die Amerikaner einen Teil der Bibliothek meiner Eltern hatten schwimmen lassen.

Meistens wurden wir von meinem Vater gebadet. Das Wasser war nur noch mäßig warm, wenn meine jüngste Schwester und ich endlich an die Reihe kamen, denn vor uns hatten schon die Zwillinge darin gebadet, meine älteren Schwestern – zu heißes Wasser ist nicht gut für kleine Kinder, hieß es. Siri und ich standen bereits erwartungsvoll Schlange, wenn die Zwillinge aus der Wanne kletterten, und warteten darauf, dass Vater sagte: Jetzt die beiden Kleinen!, während Annette und Beate sich auf den Wannenrand hockten, damit Vater Fuß- und Fingernägel kontrollieren konnte, vielleicht auch noch ihre Füße mit Frostsalbe einrieb; im Winter hatten wir Kinder häufig schmerzhafte Frostbeulen an den Zehen. Siri und ich hatten uns längst die Klamotten vom Leib gerissen. Bitte alles falten und ordentlich auf einen Stapel legen! Mutter würde später schauen, was davon gewaschen werden musste.

Das Baden selbst war immer nur ein kurzes Vergnügen. Es gab kein langes Herumspielen im Wasser mit Gummiente, Plastikboot und Taucherbrille, wie ich es heute bei Annas Kindern beobachte, solche Utensilien besaßen wir gar nicht, ganz zu schweigen von Albernheiten wie Kinderduschgel und Ähnlichem. Bestenfalls ließen wir für kurze Augenblicke die Nagelbürste schwimmen. Seife war so teuer, dass es immer einen Anpfiff setzte, wenn sie uns versehentlich ins Wasser rutschte. Wir waren nur selten lange genug unbeaufsichtigt, um wie Alexa und Dennis in der Badewanne Tsunami zu spielen, was damals natürlich schlicht Sturmflut geheißen, aber genauso das gesamte Terrain unter Wasser gesetzt hätte. Doch auch ohne solche Extravaganzen war Baden etwas Herrliches.

Die Badewanne im Haus meiner Großmutter war ein gewaltiges gusseisernes Ding mit weißem Emailleüberzug, der hier und da abgesplittert war und schwarze Stellen sehen ließ, frei stehend, auf vier eisernen Füßen, die wie Krallen aussahen – lange Zeit habe ich mir die Krallen des Vogels Greif aus dem Märchenbuch genauso vorgestellt wie die Füße von Omas Badewanne. Nur wenn wir badeten, war es angenehm warm im Badezimmer, einem schmalen, länglichen, düsteren Raum mit einem hohen Fenster an der Stirnseite, gegenüber der Tür, vor dem sich die Krone des alten Apfelbaums wiegte. Das Fenster war meist trotz des geöffneten Oberlichts so beschlagen, dass man die knorrigen Äste des Baumes nur erahnen konnte. Ich bildete mir ein, ein Riese stände davor, der mit den Armen durchs Fenster nach uns greifen wollte, um uns aus der Badewanne zu klauben und zu entführen, doch er hatte keine Chance, solange Vater uns beschützte. Im Sommer stand das Fenster offen, während wir in der Wanne saßen, kein Riese weit und breit, nur Amseln, die im Apfelbaum ihr Abendlied sangen. In meiner Erinnerung ist es allerdings meistens Winter. Im Glutkasten unter dem Heißwasserboiler musste mindestens eine Stunde vor dem Baden eingeheizt werden, erst mit Holz und dann mit Briketts, um das Wasser, genau die Menge, die ausreichte, eine Wanne zu füllen, auf die richtige Temperatur zu bringen.

Kaum saßen wir im Wasser, kaum hatte Vater die Zwillinge zum Abendessen in die Küche geschickt, im Schlafanzug, über den sie Trainingshosen und Strickjacken ziehen mussten, hieß es für uns schon: einseifen! Und wir standen nacheinander auf, es war ein Privileg, als Letzte dran zu sein, darüber führten wir Gedächtnisprotokoll, damit auch ordentlich abgewechselt wurde. Als Letzte an der Reihe zu sein hieß nämlich, drei Minuten länger baden zu dürfen. Nachdem wir eingeseift waren, ließen wir uns kurz wieder ins Wasser fallen, einmal untertauchen, auftauchen, damit Vater die Haare waschen konnte, mit etwas Seife – erst du! nein, du! – Das war's für dieses Mal, ihr beiden, raus! Nachdem er uns mit dem Handtuch abgerubbelt hatte, saßen Siri und ich nebeneinander auf dem Klodeckel; er schob die Nagelhaut der Zehennägel mit dem Nagelreiniger zurück. Ich betrachtete derweil auf der Ablage vor dem Spiegel über dem Waschbecken Omas Haarbürste, die wie ein müder alter Igel aussah, voll mit leicht gekraustem grauem Haar.

Du kaust doch nicht etwa wieder Fingernägel? Ich fürchtete diese regelmäßig wiederkehrende Frage und bemühte mich jedes Mal erneut, Vater weiszumachen, die Nägel seien nur so unglücklich abgebrochen.

Es gab Strafen fürs Nägelkauen: nachts mit Handschuhen schlafen, die an den Handgelenken fest zusammengebunden wurden, sodass man sie selber nicht wieder aufbekam. Das Schlimme daran war, dass man dann auch nicht am Daumen lutschen konnte – und wie sollte ich ohne meinen Daumen einschlafen? Manchmal bekam man auch die Hände mit Senf eingeschmiert, der erst eintrocknen musste, bevor man ins Bett durfte, das war keine wirkliche Strafe, weil ich auch den getrockneten Senf gern von den Händen ableckte; ich liebte Senf. Margarine mit Senf war lange Zeit mein liebster Schulbrotaufstrich, noch deutlich besser als Margarine mit Salz, was es gewöhnlich gab. Sie fanden dann aber irgendetwas anderes, wirklich Ekelhaftes, mit dem sie mir die Hände einschmierten, ich habe vergessen, was. Aber es half jahrelang alles nichts, weder die Strafen noch die Belohnungen, die ebenfalls von Zeit zu Zeit eingesetzt wurden: Wenn deine Fingernägel wieder schön nachgewachsen sind, bekommst du ein Malbuch – Buntstifte – einen Zeichenblock! Ich erinnere mich, dass ich mehrmals solche Prämien eingeheimst habe, aber irgendwann ging es dann doch wieder los mit dem Nägelkauen und dem Daumenlutschen, es war einfach stärker als ich. Das Daumenlutschen hat besonders lang angehalten, ich glaube, ich habe mich in schwierigen Situationen noch mit zehn Jahren mit dem Daumen im Mund getröstet.

Irgendwann waren wir fertig, und husch, husch! Ganz schnell ins Kinderzimmer, damit ihr euch nicht erkältet! In die Schlafanzüge, in die Betten! Sonst fällt das Vorlesen aus. Wir bekamen, anders als die Zwillinge, die Großen, unser Abendessen im Bett serviert, ein besonderes Privileg.

Wohlig und warm in ein Handtuch gewickelt, liefen wir den immer düsteren, immer zugigen Gang entlang ins Kinderzimmer, wo im Winter vielleicht der Ofen noch ein bisschen Restwärme abgab, während man ihn ausbrennen ließ. Ich meine mich sogar ganz vage an eine Zeit zu erinnern, in der ich, eingeschlagen in das große Handtuch, von Vater auf dem Arm ins Kinderzimmer bis zu meinem Bett getragen wurde.

Ich sehe meistens Vater vor mir, wenn ich an das Baden denke. Obwohl es manchmal auch Mutter war, die uns die nassen Haare mit dem Handtuch trocken frottierte: Ich krause dir den Krüsselskopp – Hahn oder Bock?, sang sie dabei und hielt an dieser Stelle mit dem Haarewuscheln inne. Hahn!, rief ich. Dann fang ich von vorn wieder aan!, sang sie und fuhr fort zu frottieren. Ich krause dir den Krüsselskopp, Hahn oder Bock? Bock, rief ich erwartungsvoll. Dann hör ich noch lang nicht wieder opp! Und so ging es immer weiter. Lange Zeit faszinierte mich dieser seltsame Singsang nicht nur der komischen Reime wegen, sondern vor allem wegen der Tatsache, dass man ihn weder durch »Hahn« noch durch »Bock« ganz stoppen konnte, obwohl ich es mit immer neuen Kombinationen versuchte. Wenn sie dann irgendwann endgültig mit dem Frottieren aufhörte, geschah das völlig abrupt und willkürlich und ließ sich weder mit Hahn noch mit Bock und auch nicht mit bestimmten Kombinationen in der Reihenfolge der beiden in Verbindung bringen.

Kaum lagen meine jüngste Schwester und ich wohlig und warm im Bett, kam unser Vater mit zwei »bunten Tellern« und dem Vorlesebuch. Samstagabends gab es immer »bunte Teller«. Während der Woche kochte meistens meine Großmutter, dann stand abends Grießbrei oder Milchsuppe mit Rosinen auf dem Speiseplan, manchmal auch »arme Ritter«, in Milch eingelegte, gezuckerte Scheiben altbackenen Brotes, die in der Pfanne aufgebraten wurden. Der »bunte Teller« jedoch war Vaters Kreation und die Attraktion der Samstagabende nach dem Bad, wunderbar weniger durch das, was auf dem Teller war, als durch die besondere Art, in der Vater es angerichtet hatte. Ein Viertel hart gekochtes Ei, der Länge nach halbiert und dann geviertelt, im Sommer zwei Scheiben Gurken und zwei Viertel Tomaten für jede. Im Winter eine kleine Essiggurke. Zwei sorgfältig quadratisch geschnittene Brotviertel mit Schmalz und Salz, zwei weitere mit Schmelzkäse. Und manchmal ganz besondere Delikatessen: eine klein gerollte Wurstscheibe auf Schwarzbrot. Ein winziger Klecks Quark in der Mitte des Tellers, mit Schnittlauchröllchen garniert. Manchmal ein kleinfingerlanges Stück Sardine aus der Dose. Ich meine auch, mich an einen Hauch von rosafarbenem Heringssalat zu erinnern – aber da geht wohl die Fantasie mit mir durch, wo sollte so etwas damals hergekommen sein?

Während Siri und ich die Köstlichkeiten auf unseren Tellern andächtig verzehrten, las unser Vater vor. Märchen. Oder altmodische Kinderbücher wie die »Höhlenkinder im heimlichen Grund«. Er hatte eine tiefe kräftige Stimme und las mit einer ausgeprägten Betonung, die alles Gelesene szenisch machte.

Es stimmt wehmütig, an dieses Ritual aus Kinderzeiten zu denken. Vielleicht weil solches Umsorgt- und Verwöhntwerden so selten war. Bald kam niemand mehr, um einen einzuseifen, trocken zu rubbeln, die Haare mit dem Handtuch zu frottieren – Hahn oder Bock. Sie hatten so viel am Bein, sie waren immer im Rennen und mussten hart um unser aller Überleben kämpfen. Vielleicht ist die Bade-Erinnerung deswegen für mich so kostbar. Mutter weinte damals viel. Erst später habe ich begriffen, dass sie wohl in dieser Zeit von Vaters Krankheit erfahren haben. Als er starb, war ich acht.

5

Seit ich die erste eigene Wohnung hatte, war ich begeistert von dem Gedanken, ein Badezimmer zu haben, das eigentlich ein Wohnzimmer ist. In der Badewanne sitzen, ein Gläschen Rotwein neben mir oder, je nach Jahreszeit, eine schöne heiße Schokolade, barocke Klavierkonzerte hören, während ich in die tanzende Kerzenflamme schaue oder mit geschlossenen Augen entspanne, oder weiter in dem Roman lesen, den ich gerade in Arbeit habe. Das darf auch ein Krimi sein, je nach Stimmung.

Vielleicht genieße ich das ausgiebige Baden heute so, weil es früher zu Hause nie genug war. Das Wasser wurde kalt, die anderen wollten auch, und natürlich gab es lange nicht die technischen Möglichkeiten, ständig neues heißes Wasser nachlaufen zu lassen. Es wäre auch viel zu teuer gewesen. Bei uns wurde immer zur Sparsamkeit gemahnt, auch bei den simpelsten Alltagsverrichtungen. Schließlich musste Mutter vier Kinder allein großziehen, von einer schmalen

Witwenrente, das hätte sie ohne Großmutters Unterstützung nie geschafft.

Manchmal las sie Siri und mir diese skurrile Geschichte aus einem englischen Kinderbuch vor, eine dieser Geschichten, über die eigentlich nur Erwachsene sich amüsieren können. Ein verrücktes altes Schulmeisterpaar beschließt, ein Internat aufzumachen, und hängt ein Messingschild mit der Aufschrift »Schule« an den Gartenzaun. Als sich keine Schüler melden, unterrichten die beiden einige Tage lang die Holzfiguren einer Spielzeug-Arche-Noah. Das erweist sich als ziemlich unbefriedigend, da weder Herr und Frau Noah noch Sem, Ham und Japhet auf ihre Fragen antworten. Darauf versuchen sie es mit einer zugelaufenen Katze als Schülerin, die alle Fragen mit einem eintönigen Miau quittiert, das Tintenfass umwirft und abhaut. Zum Glück klingelt gerade in diesem Augenblick ein kleines Mädchen an ihrer Tür. »Bitte sehr, ich habe den Weg zu meiner Schule vergessen; kann ich stattdessen in Ihre kommen?« Dieses Mädchen erweist sich als eine ebenso wohlerzogene wie gelehrige Schülerin, und das alte Schulmeisterpaar gerät völlig aus dem Häuschen vor Freude, als das Mädchen am Abend fragt, ob es auch bei ihnen wohnen und nun für immer hier zur Schule gehen darf. Es gibt nur ein Problem: Nachdem es vor dem Zubettgehen gebadet worden ist, will es einfach nicht wieder aus der Wanne steigen. Liegt steif auf dem Rücken im heißen Wasser und rührt sich nicht, rot wie ein Hummer, obwohl die Schulmeisterin erst bittet und dann befiehlt. »Ich werde eins-zwei-drei zählen, und dann ziehe ich den Stöpsel heraus!« Eins!, ruft die Schulmeisterin, und bei Zwei! springt das Mädchen wie von der Tarantel gestochen aus der Wanne. Am nächsten Tag das gleiche Spiel: Tagsüber ist das Mädchen ein Muster an Bravheit, doch abends weigert es sich, aus dem Badewasser zu steigen. Und irgendwann hilft auch das Zählen nicht mehr. Eins!, ruft die Schulmeisterin drohend. Zwei! Noch drohender. Als das Mädchen immer noch nicht gehorcht, zieht sie bei: Drei! den Stöpsel aus der Wanne. Und dann läuft das Wasser durchs Abflussrohr ab, und das Mädchen läuft mit ab. Erst werden seine Füße eingesaugt, dann die Beine und zuletzt der ganze Körper – weg ist sie.

Ich fand diese Geschichte als Kind ziemlich unheimlich. Wenn ich sie wiederfinde, sollte ich sie vielleicht mal Alexa und Dennis vorlesen, um zu sehen, wie dergleichen auf Sieben- und Fünfjährige von heute wirkt. Jedenfalls habe ich, sobald niemand mehr da war, der eins-zwei-drei! rufen konnte, wenn ich in der Wanne lag, meine Badefreuden immer länger ausgedehnt.

Diese Wanne hier ist ein Luxusmodell, in dem man bequem liegen, aber auch sitzen kann, sie hat einen kleinen Absatz im Boden, eine dem Körper angepasste Form. Ich habe sie mir etwas kosten lassen. Das gute Stück steht mit der einen Längsseite frei im Raum und ist mit der anderen Längsseite an die Wand gebaut, aber nicht direkt an die Wand, sondern so, dass es auf der Wandseite eine etwa einen Meter tiefe, gefliese Ablage gibt, auf der ich die Thermoskanne mit dem Tee oder das Rotweinglas samt Flasche oder die heiße Schokolade, je nach Jahreszeit und Befindlichkeit, abstellen kann. Im Rücken habe ich die sanfte Dachschräge, das erhöht das Gefühl der Geborgenheit, und zu Füßen das kleine quadratische Fenster, das zum Hinterhof hinausgeht. Wenn es entsprechend weit geöffnet ist, kann ich einiges vom Leben auf genau drei übereinanderliegenden Balkons auf der Hinterwand des gegenüberliegenden Hauses mitbekommen. Verflixte Neugier! Nun hat sich dieses kleine Fenster für mich als heimtückische Fußangel erwiesen. Das kommt davon, wenn man von der Badewanne aus fernsehen will, würde Hille sagen.

Das Bücherregal, das bis vor zwei Stunden noch über mir beziehungsweise über der seitlichen Ablage hing, ein Hängeregal mit zwei Fächern, enthielt eine kleine Auswahl an Büchern, die ich gerade lese (ich lese immer mehrere Bücher gleichzeitig) oder bald lesen möchte. Es ist ein etwas wuchtiges Möbel, doch es war nicht überfüllt. Man kann einem Hängeregal nicht verübeln, dass es herunterkommt, wenn man sich mit dem ganzen Gewicht daran klammert. Aber warum musste es sich, als es samt Inhalt auf mich fiel, auf diese blödsinnige Weise in der Wanne verkeilen!

Im Übrigen gehöre ich zu den Menschen, die in jedem Zimmer Bücher und Bücherregale haben. Auch in meiner Küche befinden sich nicht nur Kochbücher. Es gefällt mir – beziehungsweise es gefiel mir –, dass ich mich nur kurz in der Wanne aufrichten und nach oben links greifen musste, natürlich nicht, ohne mir vorher die Hände abgetrocknet zu haben, um einen Band Gedichte herauszuziehen oder einen englischen Krimi.

Es darf durchaus auch ein dickerer Schinken sein, denn es gibt eine bequeme Ablage und Stützvorrichtung, ein breites Holzbrett, das man quer von Wannenrand zu Wannenrand legen kann. Darunter sind zwei kleine Leisten genagelt, die sein Verrutschen verhindern. Die Erfindung dieses Badewannentabletts geht auf Günther zurück. Lange Zeit haben wir an beinahe jedem Sonntagmorgen an zwei solchen Tischen in der Badewanne gefrühstückt.

Ich war meist als Erste in der Wanne, denn ich liebte es heiß. Ich mochte die wohligen Schauer, die sich im gesamten Körper ausbreiteten, wenn ich mich langsam, Handbreit für Handbreit, dem heißen Wasser überließ. Günther stieg deutlich später zu und jammerte dennoch darüber, dass es ihn schier verbrühe. Jetzt ist er ab!, seufzte er jedes Mal, bevor er seinen Unterleib ins Wasser gleiten ließ. Es war herrlich eng in unserer ersten gemeinsamen Wanne, Beine an Hüfte, Oberschenkel an Po, seine Füße unter meiner linken Schulter, auf seinem Unterschenkel legte ich meinen Arm ab, wir konnten nie beide zugleich ganz untertauchen. Sehr umweltfreundlich, konstatierten wir, auf diese Weise verbraucht man nur halb so viel Wasser. Vor uns, auf den beiden quer über die Wanne gelegten Brettern, war der Tisch gedeckt. Wir schlürften frisch gepressten Orangensaft und köpften unsere Frühstückseier. Nur auf Toast verzichteten wir sicherheitshalber. Auf zwei Stühlen, die neben der Badewanne standen, befand sich alles Weitere, das wir im Laufe der nächsten ein, zwei Stunden brauchen würden: Brot, Aufschnitt, Butter, Obst – unser Sonntagsfrühstück war reichhaltig. Außerdem die Lektüre für die ruhige halbe Stunde danach, wenn wir das Geschirr auf die Stühle geräumt und die Gliedmaßen neu nebeneinander arrangiert hatten, wenn wir uns satt und entspannt im Wasser zurücklehnten. Manchmal las Günther dann seine Fachzeitschriften. Aber er ruhte auch gern, während es mich häufiger nach bedeutungsschweren Gesprächen verlangte.

Ich würde dir gern mal diese Geschichte vorlesen, die mich so beeindruckt hat, darf ich?

Aber bitte!, sagte er munter und schloss die Augen. Ich höre!

Seine Bereitwilligkeit war verdächtig. Er saß immer auf der Seite mit dem Stöpsel und bekam deswegen die Gummimatte als Polsterung; ich saß auf der Seite, wo man den Überlauf zwischen den Schulterblättern hatte, der sich auch unangenehm in den Rücken bohrte, also bekam ich das Kopfkissenpolster. Später leisteten wir uns eine feudalere Badewanne, die Abfluss und Überlauf in der Mitte hatte, sodass keiner von uns auf dem Pinn des Stöpsels sitzen musste oder den Pinn des Überlaufs in den Rücken gebohrt bekam – und inzwischen verfügten wir beide über Kopfkissen und Badematte.

Meistens ist er eingepennt, während ich ihm vorlas, was mir so wichtig erschien. Zwischendurch musste ich ihn gelegentlich mit den Zehen wachkitzeln oder mit den Füßen Wasser ins Gesicht spritzen, um seine Aufmerksamkeit zurückzugewinnen. Vermutlich haben wir in all den gemeinsamen Jahren nicht allzu viele bedeutungsschwere Gespräche in der Badewanne geführt. Es gab solche Gespräche, doch sie fanden anderswo statt, es gab manchmal auch heftige Auseinandersetzungen, seltener kurze Phasen der Entfremdung. Unsere guten Zeiten überwogen das alles. Und die Stunden mit ihm in der Badewanne gehören mit zu den schönsten in diesen meinen besten Jahren. Nie zuvor und danach nie mehr war ich in meinem Leben so zu Hause.

6

Das »Bad am Samstagabend« ist die einzige längere Geschichte aus meiner Kindheit, die ich im Volkshochschulkurs »Autobiographisches Schreiben« zu Papier gebracht habe. Eigentlich will ich nicht über meine Kindheit schreiben. Ich hatte eher an ein paar hübsche Anekdoten aus der 68er Zeit gedacht, als ich mich für den Kurs anmeldete.

Ich kann nur hoffen, dass mein Bein nicht gebrochen ist. Wenn ich wie jetzt, während ich Schokolade lutsche, mit den Zehen zu zappeln versuche, spüre ich nur ein unangenehmes Ziehen im Schienbein. Allerdings fühle ich auch keine Zehen. Wahrscheinlich ist der Unterschenkel tatsächlich bloß eingeklemmt. Gelänge es mir, das Regal nur zwei Zentimeter anzuheben, könnte ich das Bein darunter hervorzerren und vielleicht mit ein bisschen Mühe aus der Wanne steigen. Aber ich bekomme das verdammte Ding nun mal keinen Millimeter bewegt! Also Geduld und nochmals Geduld, mehr warmes Wasser und warten, bis Frau Bisam kommt. »Warten auf Frau Bisam« klingt nicht so gut wie »Warten auf Godot«. Ist ja wohl auch nicht ganz so existenziell.

Auch wenn es dir schwerfällt, wirst du den letzten Riegel Schokolade jetzt beiseitelegen, damit dir in den nächsten Stunden noch etwas bleibt!

In der ersten Sitzung zeigte sich der Dozent sehr beeindruckt von mir. Er hatte uns das Thema »Früheste Kindheitserinnerung« gestellt – wie ungeheuer originell!, dachte ich, ich fühlte mich unwohl zwischen all diesen nach Lebensinhalt suchenden jungen Alten. Das wird hier doch hoffentlich nicht in eine Psychogruppe ausarten! Wir hatten zwanzig Minuten, den Text während der Sitzung zu skizzieren, und sollten ihn dann zu Hause ausarbeiten. Ich schrieb:

»Das undurchdringliche Dunkel über meiner Kindheit hat mich bisher wenig gekümmert. In meiner Erinnerung liegt das alte Haus meiner Großmutter undurchsichtig, wie mit blinden Fenstern am Hang. Eine Festung, umgeben vom Dschungel eines viele Jahre sich selbst überlassenen Gartens. Man kann sich dem Haus gar nicht nähern, geschweige denn von außen hineinschauen. Nur in meinen Träumen öffnet es manchmal seine Türen und lässt mich eintreten. Dann ist da ganz kurz eine Ahnung von einem Labyrinth von Fluren und Treppen, in einem milchigen, silbrigen Flackerlicht, als fände das Ganze viele Meter unter dem Meeresspiegel statt. In meinen Träumen bin ich meistens drei Jahre alt.«

Ein beeindruckendes Bild, fand der Kursleiter. Er sei gespannt, wie ich das zu Hause weiter ausspinnen würde. Doch der Text blieb, wie er war, das Haus stand weiter undurchdringlich am Hang. Es rührte sich nicht, und ich hütete mich, näher heranzugehen. Schade, dass ich da noch nicht auf Sebastian Bleibtreu geachtet habe; jetzt wüsste ich zu gern, was er davon hielt. In dieser ersten Stunde war ich immer noch im Zwiespalt, ob ich überhaupt mit dem Kurs weitermachen sollte. Annegret hatte mir davon erzählt; sie hatte ihn vor einem Jahr besucht und war so begeistert, dass sie nun schon seit zwei Semestern den Fortsetzungskurs bei demselben unscheinbaren ältlichen Dozenten belegt hat.

Ihr habe es so viel gebracht, sagte sie, es sei unterhaltsamer als Kino. Obwohl sie eigentlich gar nichts zu schreiben habe und schon gar nicht schreiben könne – anders als du, sagte sie, du bist schließlich Profi –, habe sie plötzlich zu schreiben begonnen und wolle nun gar nicht mehr damit aufhören. Es ist der Gruppenprozess, weißt du, die anderen schreiben ja auch und lesen vor, und auf einmal fallen dir Dinge von früher wieder ein. Ereignisse, die du längst vergessen hattest. Es sei ungeheuer aufregend, was sich da plötzlich in einem zu Wort melde.

Wäre das nicht auch was für dich? Bei deinem bewegten Leben?

Ich bin Journalistin, sagte ich, ich schreibe über andere, nicht über mich selbst.

Tatsächlich hatte ich nach dem Rückzug aus dem Berufsleben schon mal mit der Idee eines Buchprojekts gespielt, zum Beispiel hätte ich gern einen Reiseführer Lateinamerika mit gesellschaftspolitischem Hintergrund gemacht. Früher bin ich beruflich ein paarmal in Brasilien, Mexiko und Peru gewesen und mit Günther zusammen in Ecuador und Guatemala. Oder ein Kochbuch über die lateinamerikanische Küche, vielleicht auch eine Mischung zwischen beidem. Aber so was gibt es bereits zuhauf. Wahrscheinlich findet man keinen Verlag dafür, und wer soll das ganze Zeug lesen. Annegret scheint es Spaß zu machen, von ungebetenen Erinnerungen überrascht zu werden, während ich ziemlich genau weiß, an welche Ereignisse in meinem Leben ich nicht erinnert werden will. Doch dann dachte ich, ich könnte vielleicht, indem ich mich mit meinen wilden Jahren beschäftige, mehr Distanz zwischen Bodo und mich legen. Könnte die schmerzhaften Bilder wegschieben, die sich mir zwischendurch immer noch aufdrängen. Ich kann es ja mal mit dem Kurs versuchen, dachte ich halbherzig.

Seit der Trennung von Bodo bin ich wieder sehr auf der Hut vor der Dunkelheit. Manchmal belauern wir uns gegenseitig bis zum Morgengrauen, sie und ich, dann wird mir meist noch ein bisschen Schlaf zuteil. Es ist anders als nach Günther – damals hielt die Schlaflosigkeit nur eine Woche an. Was mich so beunruhigt, ist diese andere Dunkelheit, hinter dem gewöhnlichen nächtlichen Dunkel, und wenn ich nachts wach liege, ist da manchmal auch noch eine andere Stille hinter der gewohnten Stille. Ich stopfe mir das Kopfkissen um die Ohren und fordere mich ungeduldig auf, wieder einzuschlafen. Schlaf!, rufe ich mir zornig zu, schlaf!

Manchmal beruhigt mich das gleichmäßige Rauschen der Durchgangsstraße vor meinem Haus oder das freundliche Plappern des Regens, dann nicke ich irgendwann wieder ein. Wenn es gar nicht funktioniert, stehe ich auf und hocke mich im Wohnzimmer vor den Fernseher. Tagsüber bin ich dann häufig so müde, dass ich mich zu nichts aufraffen kann. Nicht dass ich dem große Bedeutung beimesse, schließlich gibt es ohnehin nichts Wichtiges zu tun. Abends wiederum schlafe ich gern vor dem Fernseher ein, egal was gerade über den Bildschirm flimmert, Politmagazin oder Romanze. Und kaum habe ich mich aufgerafft und ins Bett geschleppt – meist bin ich so müde, dass ich sogar das Zähneputzen als unerträgliche Zumutung kurzerhand streiche –, ist die Müdigkeit verflogen. Kaum hat mein Kopf das Kopfkissen berührt, bin ich hellwach, meine Augen sperren, mein Puls lärmt, mein Herz rast in den Ohren, während ich mich darauf konzentriere, in die Schwärze ringsum zu horchen.

Unternimm doch mal wieder was, sagte Hille, als ich über die Lethargie klagte. Dabei habe ich ihr nicht mal von diesen nächtlichen Stimmungen erzählt.

Du musst etwas tun, sagte ich mir selber auch.

Zum Beispiel wieder mehr unter Menschen gehen. Dieses Selbstgespräch klingt entfernt vertraut. Schon bei den ersten kleinen Anzeichen musst du gegensteuern! Das viele Herumliegen in der Badewanne ist Gift!

In den letzten Jahren habe ich manchmal Reisen gebucht, die ich dann allerdings nur mit Widerwillen antrat. Diese schrecklichen Gruppenreisen mit den saturierten älteren Paaren und den aufdringlich bildungsbeflissenen alleinstehenden älteren Frauen! Ich habe mich zu Sprachkursen angemeldet. Sogar mit dem Sport habe ich es ein paarmal versucht. Doch alle diese Rezepte fruchten inzwischen nicht mehr. Außerdem fühle ich mich für derlei Anstrengungen zu alt. Warum sollte ich eigentlich noch Russisch lernen und für wen mein Spanisch verbessern? Und nach der zweiten Gymnastikstunde gehe ich meistens nicht wieder hin. Zu faul. Die Bequemlichkeit legt sich wie Mehltau über mich. Manchmal treffe ich Hille zum

Abendessen. Manchmal, aber immer seltener, gehe ich mit ihr oder mit Heinz und Annegret ins Kino. Siri lebt nun schon so lange in Amerika, dass sie mir ganz fremd geworden ist, die Zwillinge treffe ich seit dem Tod unserer Mutter vielleicht noch ein-, zweimal im Jahr, und auch Anna sehe ich, seit sie Kinder hat, nicht mehr so häufig. Die meisten Leute von früher interessieren mich nicht die Bohne. Ehemaligen Kollegen gehe ich aus dem Weg, wenn ich ihnen zufällig begegne. Du verprellst alle deine Freundinnen und Bekannten, wenn du dauernd sagst, jetzt nicht, nächste Woche auch nicht, vielleicht ein andermal, mahnt Hille.

Ich bin eben am liebsten allein. Die Wahrheit ist, dass mir die meisten Menschen auf den Geist gehen. Ich lese lieber.

Doch weil Annegret so davon schwärmte, habe ich mich dann doch für den VHS-Kurs angemeldet. Turn back the wings of time, sagte der Dozent feierlich. Er ist auch schon jenseits der Pensionsgrenze, ein kleines graues Männchen mit vielen vagen Handbewegungen, ein ehemaliger Deutschlehrer, vielleicht ein Möchtegerndichter. Warum und worüber wollen Sie denn schreiben?, fragte er in der ersten Stunde. Wir waren dreizehn Personen, erwartungsgemäß fast alles Frauen, nur zwei Männer, der eine ein Angeber, der andere sympathisch. Drei Interessenten tauchten beim nächsten Mal nicht wieder auf, als es ans Zahlen ging.

Für die Enkel, sagte eine Frau, der man ihre Enkel ansah. Eine andere erklärte: Meine Schwester wird nächstes Jahr achtzig, ich dachte, die gemeinsamen Kindheitserinnerungen könnten ein nettes Geschenk sein. Der Angeber gab zu Protokoll, er sei im Staatsdienst gewesen und wolle seine interessanten Auslandserfahrungen einer größeren Öffentlichkeit zugänglich machen. Im Ruhestand noch mal bilanzieren, was habe ich erreicht, wo stehe ich jetzt, was ist noch möglich, sagte eine, und andere murmelten zustimmend. Sie wolle entschieden nur für sich selbst schreiben, niemand in ihrem Umfeld werde es zu Gesicht bekommen, verkündete die hagere Frau am unteren Ende des Seminartischs, der ich tatsächlich ein interessantes Leben zutraue. Die mit den Enkeln fügte noch hinzu, sie werde jedenfalls nichts Negatives über ihr Leben festhalten, der jüngeren Generation solle ja Mut zum Leben gemacht werden.

Einige wollten sich nicht zu ihren Motiven äußern, obwohl der Dozent uns alle nacheinander ansah, ein unerwartet eindringlicher Blick für eine so graue Erscheinung. Ich zum Beispiel sagte nichts und auch Sebastian Bleibtreu schwieg. Er war mir gleich sympathisch, wahrscheinlich wegen seiner ruhigen Art, groß, schlank, mit wirrem grauen, noch dichten Haar, vor allem ein aufmerksamer Beobachter. Abwartend, dachte ich, er weiß noch nicht, ob er sich überhaupt einlassen will. Ich möchte einfach mal schauen, sagte ich, als der Dozent nicht lockerließ, und er schloss sich mir an und murmelte etwas Ähnliches.

Ich habe mich dann im Verlaufe des Kurses zu einer Expertin im Porträtieren von amüsanten Nebenfiguren meines Lebens entwickelt.

So erzielte ich große Erfolge mit dem Porträt von Rena aus meiner 70er-Jahre-Wohngemeinschaft am Brahmsplatz. Rena, die nach dem Ende unserer WG erst in eine Art lesbisches Kloster überwechselte, eine esoterische Landkommune, wo die Frauen das Gemüse nach dem Mondzyklus anbauten, und anschließend für ein paar Jahre in einem indischen Ashram verschwand. Nachdem sie mit einem Baby von einem unbekannten Sannyassin zurückgekehrt war, erreichte sie mit einiger Mühe, dass sie wieder in den Schuldienst aufgenommen wurde. Feminismus, Esoterik und die Lehren des Guru waren vergessen; sie brach die meisten Kontakte zu früheren Bekannten ab und machte hinfort nur noch als militant stillende, alleinerziehende Mutter von sich reden.

Noch mehr amüsierten sie sich über die Geschichte von Hartwig, unserem tonangebenden Mann am Brahmsplatz. Der hatte als früherer RAF-Sympathisant an fast jeder Demo teilgenommen und vor beinahe jedem Fabriktor der Stadt Flugblätter verteilt. In unserer gemeinsamen Zeit arbeitete er in einem Jugendhilfeprojekt, in dem das Betreuerteam größten Wert darauf legte, dass alle das Gleiche verdienten, egal ob sie Erzieherinnen, Sozialarbeiter oder Psychologen waren wie Hartwig selbst. Nach seiner schmerzhaften Trennung von Annegret suchte er ein paar Jahre Trost in rasch wechselnden Beziehungen und probierte daneben so ziemlich alles aus, was damals auf dem Therapiemarkt angeboten wurde, von einigermaßen seriöser Gesprächstherapie und Psychodrama bis zu Encounter, Urschrei und Rebirthing. Dann fand er schlagartig zurück ins bürgerliche Leben; er heiratete und baute im Laufe der Zeit nicht nur das verpönte Einfamilienhaus am Stadtrand, sondern kaufte als zweiten Wohnsitz noch eine Finca auf Mallorca. Dort veranstaltete er gemeinsam mit seiner Frau Gruppenseminare. Bei uns waren seine Ferienkurse »Meditatives Fasten auf Mallorca« eine stehende Redewendung für Abzocke. Angeblich zahlten die Kursteilnehmer ihm saftige Gebühren dafür, dass sie zehn Tage lang in der ausgebauten Scheune in Schlafsäcken am Boden schliefen, nichts als Kräutertee zu sich nahmen und mehrere Stunden am Tag meditativ in seinen Weinbergen arbeiteten, umrahmt von ein paar Gruppensitzungen.

Das sind nur ein paar der kleinen Geschichten aus

der Zeit nach Achtundsechzig, die ich für den Volkshochschulkurs zu Papier gebracht habe. Ich hätte noch eine ganze Menge davon auf Halde. Hille gefiel das meiste, während Annegret meinte, manches sei eher böse als komisch. Vielleicht hängt sie immer noch ein bisschen an Hartwig. Im Kurs habe ich jedenfalls eine Menge Beifall bekommen und mir den Ruf erworben, an diese Zeit mit einer erfrischenden ironischen Distanz heranzugehen. Ironie habe ich mir während meines Berufslebens als Journalistin nur selten leisten können. Inzwischen macht der Kurs mir Spaß, sodass ich mich bereits für die Fortsetzung im Herbst angemeldet habe, nicht nur wegen Sebastian Bleibtreu, der im Gegensatz zu mir ernsthaft und schwer schreibt.

In der letzten Sitzung vor der Sommerpause haben sie sich über meine Beschreibung einer Eigentümerversammlung unseres Hauses fast schlappgelacht. Ich fühle mich zwischen den anderen Eigentümern immer noch wie auf einem fremden Planeten, obwohl ich doch seit inzwischen fast vier Jahren hier lebe. Es ist ja auch eine skurrile Gesellschaft, die es hierher verschlagen hat: Frau Türülü, ehemalige Schauspielerin, die auf der Straße lauthals Gespräche mit ihren beiden Königspudeln führt, eigentlich heißt sie Türülczyk oder so ähnlich, aber ich nenne sie Türülü, weil sie einen kleinen Lütütü hat. Der dicke Gundolf Althoff, ewiger Junggeselle, der mit Mitte fünfzig noch immer unter der Fuchtel seiner alten Mutter steht. Ich hatte doch gesagt, du solltest einen Schirm mitnehmen!, keift es durchs Treppenhaus. Ja, Mama, gewiss, Mama, ich hol ihn ja schon. Ein schwerer, linkischer Mann, der aussieht, als könne er nicht bis zehn zählen. Angeblich soll er zusammen mit seiner Mutter einen florierenden Spielsalon unterhalten. Das Ehepaar aus dem ersten Stock, das immer auf Reisen ist. Gibt es etwas Langweiligeres als Leute, die dauernd von ihren Reisen erzählen? Letztes Jahr in Sardinien – du irrst, das war Kreta, Schätzchen –, diese herrlichen Scheunenkirchen – also doch Zypern, Schatzi, aber das war im Frühjahr vor Kreta. Das lesbische Paar, das anscheinend vor dem Coming-out zurückschreckt – meine Cousine, sagen die beiden immer, da muss ich erst meine Cousine fragen, meine Cousine ist in so was sehr eigen. Die schwerhörige 89-jährige Frau Schulte aus der Wohnung unter mir, mit der ich immer um die Wette schreie. Ich verstehe ihr Urbayerisch nicht, und sie versteht mich nicht, weil sie ihr Hörgerät nicht eingeschaltet hat, sodass sich himmlische Dialoge ergeben.

Ich habe Sie lange nicht gesehen! Sie waren doch nicht krank?, brülle ich.

Es soll aber morgen wieder regnen, trompetet sie dagegen.

Kann ich Ihnen die Tasche hochtragen?, brülle ich.

Ja, das ist wirklich eine Zumutung!, schreit sie zurück.

Wäre sie nicht so schwerhörig, hätte ich vielleicht eine Chance, mich mit lauten Rufen in der Wohnung unter mir bemerkbar zu machen. Doch wie schrecklich peinlich, wenn einer meiner Mitbewohner meine Tür aufbrechen ließe und mich so in der Wanne fände. Da warte ich doch lieber auf Frau Bisam, und wenn es eine lange Nacht wird.

7

Es ist wahr, dass das Wannenbad als solches ein wenig aus der Mode gekommen ist. Alle Welt geht in die Sauna, liegt in der Sonne, geht schwimmen – doch die gute alte Badewanne ist verpönt. Was kann angenehm daran sein, passiv herumzuliegen und nach und nach allmählich aufzuweichen?, fragte Heinz neulich verächtlich. Passiv ist man auch in der Sauna und beim Sonnenbaden. Aufweichen tut man auch, wenn man schwimmen geht. Alles Moden, sagte ich, und ich bleibe bei der von gestern.

Manchmal schwimme ich ganz gern, doch nur in harmlosen Seen und ruhigen Flüssen. Das Ufer muss immer leicht erreichbar sein. Ich mag keine Hallenbäder, verabscheue das gechlorte Wasser, die gekachelte Atmosphäre und den Waschküchendunst bei den Umkleidekabinen, das klebrige Gefühl, von anderen beobachtet in verknotete feuchte Kleidungsstücke zu steigen. Vor allem mag ich keine Menschenansammlungen, deswegen fühle ich mich auch an Stränden nicht wohl, wo man über Wälle von Nackten und Halbnackten steigen muss, die von Schweiß und Sonnenöl glänzen, bevor man endlich das Wasser erreicht. Deswegen schwimme ich auch nur selten im Meer.

In meiner Badewanne bin ich Gott sei Dank allein.

In den 70er-Jahren wollte ich mal in eine Wohngemeinschaft ziehen, in der ein Journalistenkollege wohnte, den ich sehr mochte, mit dem ich gelegentlich gut zusammenarbeitete. Sie hatten eine große Etage in einem Gründerjahrehaus mit wirklich schönen, gut geschnittenen Zimmern, hell, mit hohen Wänden und Stuckdecken, und auch die anderen Leute waren mir sympathisch. Ich habe aber sofort einen Rückzieher gemacht, als ich sah, dass die Badewanne sich in der Küche befand, an der einen Seitenwand des zugegebenermaßen riesigen Raums, nur von einem Duschvorhang abgetrennt. Die WG-Mitglieder fanden das grandios. So ist man nicht außen vor, wenn man badet, sondern mitten im Geschehen, wie im Mittelalter, schwärmten sie. Ich habe ihnen nicht verraten, warum ich dann doch nicht einziehen wollte.

Heutzutage bade ich übrigens lange nicht mehr so häufig wie früher. Nachdem Günther nicht mehr da war, habe ich jahrelang nur geduscht, weil ich unsere Wanne ohne ihn als unerträglich groß empfand. Erst als ich in diese kleinere Wohnung gezogen war, meldeten sich die alten Wünsche wieder; in der neuen Badewanne, obwohl sie eher größer war als die alte, ließ sich die Leere auf dem Platz mir gegenüber leichter ertragen.

Es gab Zeiten in meinem Leben, da habe ich mich immer in die Badewanne verzogen, wenn es mir schlecht ging. In meiner ersten Wohngemeinschaft hat das zu gewissen Problemen mit den anderen geführt. Drei Frauen in einer Dreizimmerwohnung, die einzige Toilette befand sich im Badezimmer.

Das darf doch nicht wahr sein! Ulrike liegt schon wieder seit Stunden in der Badewanne!, riefen die anderen, wenn sie vergeblich an der Tür rüttelten.

Ulli! Muss das sein! Schon wieder! Seit Stunden!

Ich hatte mich freiwillig bereit erklärt, das kleinste und dunkelste Zimmer zu nehmen, das niemand der beiden anderen haben wollte, und dennoch die gleiche Miete zu zahlen. Ich empfing seltener als die anderen Besuch in der Küche, die zugleich unser aller Wohnzimmer war. Deswegen, fand ich, stand mir ganz legitim auch ein größeres Stück vom Bad zu. Theoretisch hätten sie mir vielleicht zugestimmt, doch praktisch zählte das nicht.

Ulrike! Sag wenigstens vorher Bescheid, damit man noch mal auf den Pott kann!

Doch es wurde auch nicht besser, nachdem ich mir

angewöhnt hatte, lautstark anzukündigen: Ich nehme jetzt ein Bad! Kaum saß ich im Wasser, rüttelte Sylvie an der Türklinke: Was machst du bloß da drinnen, jeder normale Mensch kommt mit einer halben Stunde aus! Rüttelte Gisela: Kannst du nicht wenigstens die Tür offen lassen? Ich bin verabredet und muss mich noch anmalen! Rüttelte wieder Sylvie: Der Claudio ist bei mir und muss mal! Tauch unter oder komm raus!

Mehr als einmal soll Claudio, Sylvias Verlobter, in seiner Not auf unserem Balkon in einen Putzeimer gepinkelt haben.

Sie ließen mich nicht in Frieden. Sie ließen mich einfach nicht! Ich hätte so viel lieber eine Wohnung für mich allein gehabt, aber das konnte ich mir nicht leisten. Allerdings gingen die beiden unter der Woche häufig aus, und da ich so gut wie nie etwas vorhatte, okkupierte ich dann die Badewanne und pflegte meine Wunden. Es war das Jahr, in dem ich mich von Harry getrennt hatte, das Jahr der Beziehung mit Jürgen, die ebenso plötzlich endete, wie sie begonnen hatte. Es war kurz nachdem Siri nach Amerika gegangen war und meine Mutter zum zweiten Mal geheiratet hatte. Ich war allein auf der Welt. Offiziell bereitete ich mich in diesen beiden Semestern auf mein Examen vor, ich hatte an der Uni nur noch zwei Seminare belegt, eigentlich hätte ich an drei Tagen in der Woche zum Repetitor gehen sollen, tatsächlich aber tat ich meist gar nichts – mit dem Ergebnis, dass sich mein Studium zwei Semester länger hinzog als nötig.

Jürgen war das Phantom, für das ich Harry verlassen hatte. Seitdem war nicht einmal ein Jahr vergangen, und schon war Harry nur noch eine blasse Erinnerung an eine Geborgenheit, die es vielleicht nie gegeben hatte. Damals las ich nicht einmal Krimis in der Badewanne. Ich lag nur da und sah den Schaum knisternd in sich zusammensacken, ließ neues warmes Wasser nachlaufen, nahm ein bisschen neuen Badeschaum und wieder warmes Wasser. Schon das schien mir sehr anstrengend, und der Gedanke, aufzustehen, auszusteigen, mich wieder anzuziehen, erst recht. Meist wanderte ich direkt aus dem Bad ins Bett, weil es die Dinge vereinfachte. Alles war mir egal.

Seit meiner Rückkehr aus England, in der Zeit meiner Affäre mit Jürgen, hatte ich im Studentenheim gelebt. Es war nicht sehr schwierig gewesen, Jürgen ein-, zweimal in der Woche in mein Zimmer hinein- und nach zwei, drei Stunden wieder hinauszuschmuggeln. Und auch die Tatsache, dass die Betten im Studentenheim erbarmungswürdig schmal waren, machte uns nicht viel aus, weil wir ja die meiste Zeit ohnehin über- oder unter- oder äußerst eng nebeneinander lagen. Er blieb nie über Nacht. Er lud mich auch nie zum Essen oder ins Kino ein, weil er sich davor fürchtete, in der Öffentlichkeit mit mir gesehen zu werden.

Gewöhnlich kam er nachmittags. So musste er seiner Frau keine ungewöhnlichen Abwesenheiten erklären, und der Firma gegenüber verband er seine Eskapaden geschickt mit externen Terminen, ohne schlechtes Gewissen. Dafür mache ich oft genug unbezahlte Überstunden!, erklärte er lachend. Er war ein ziemlich korrekter Mensch und erfolgreich im Beruf. Doch genau genommen weiß ich gar nicht, was für eine Art Mensch er war. Nicht mal mehr ein äußeres Bild habe ich von ihm; ich erinnere mich nur an seinen Bart, der zwischen schwarz und grau changierte, weil der kitzelte, wenn wir uns liebten, und daran, dass alles an ihm ein bisschen unsymmetrisch wirkte und sein Gesicht nicht eben offen. Und an diesen sentimentalen Hundeaugenblick, der in scharfem Kontrast zu seiner scheinbaren Sicherheit und großen Wortgewandtheit stand. Eigentlich ist er in meiner Erinnerung fast ein Mann ohne Eigenschaften, ohne Kopf und ohne Seele, und ich habe heute nicht mehr die geringste Ahnung, warum ich mich damals so heftig und hoffnungslos in ihn verliebte.

Im Jahr 1970 machten sich die Auswirkungen von 1968 bereits bemerkbar; die vorher strenge Moral im Studentenheim lockerte sich zusehends. Natürlich war es noch streng verboten, Männer mit auf das Zimmer zu nehmen, aber niemand dachte mehr daran, andere bei der Heimleitung zu verpetzen, wenn er sie bei derlei Übertritten beobachtete, und wenn es in einem Zimmer, in dem sich zwei liebten, mal etwas lauter wurde, dann drehten die jeweiligen Zimmernachbarn einfach ihre Plattenspieler etwas weiter auf, falls sie es nicht doch vorzogen, interessiert zu lauschen. Meine Beziehung zu Jürgen spielte sich irgendwo zwischen »We all live in a yellow submarine« und »Here comes the sun« ab – es hätte meinem Seelenzustand allerdings besser entsprochen, wenn die Beatles diese Titel in umgekehrter Reihenfolge herausgebracht hätten. Denn danach gab es keine Sonne mehr, und ich lebte in einem Unterwasserbunker.

Die studentische Selbstverwaltung in diesem Heim hatte in einem revolutionären Handstreich, unmittelbar bevor ich dort einzog, die Auflösung des vorherigen Männer- und Frauen-Wohnflügels und an deren Stelle die Einrichtung von Männer- und Frauen-Etagen durchgesetzt. Ein Befreiungsschlag. In dem katholischen Heim, in dem ich vor meinem Auslandsstudium gewohnt hatte, hatten männliche Freunde nicht einmal zum Händewaschen die Zimmer der Studentinnen betreten dürfen. Natürlich wohnten dort ausschließlich Frauen, und die waren gehalten, ihre Freunde nur in einem verglasten offenen Durchgangsraum neben dem Flur zu empfangen. Fehlten nur die Gitter und das Wachpersonal. Als der Verlobte der Doktorandin, die neben mir wohnte – alle Freunde hießen damals »Verlobte« –, von der Putzfrau morgens im Besenraum erwischt wurde, hatte man ihr noch sang- und klanglos zum nächsten Ersten gekündigt.

Unaufhaltsam der Siegeszug der sexuellen Revolution! Als ich mit Sylvie und Gisela zusammenzog, wohnten in dem Studentenheim, in dem Jürgen mich besucht hatte, auf den jeweiligen Etagen bereits Männlein und Weiblein bunt durcheinander, Zimmer an Zimmer, und eine Zeit lang ging es entsprechend turbulent her. Im Übrigen hat sich damals niemand vorstellen können, dass zwei Jahrzehnte später pragmatische Wohngemeinschaften verbreitet sein würden, in denen Studentinnen und Studenten ganz unaufgeregt wie Schwesterchen und Brüderchen miteinander leben würden, ohne dass irgendwer zwangsläufig mit irgendwem ins Bett steigen musste.

Von dem weiteren Vormarsch der sexuellen Revolution im Studentenheim, obwohl er noch mächtig an Tempo zulegte, nachdem Jürgen unsere Beziehung beendet hatte – waren wir vier Monate zusammen? Oder nur drei? –, bekam ich nicht mehr viel mit. Du, ich kann das nicht mehr, sei mir nicht böse, ich bringe es einfach nicht fertig, meiner Frau und der Kleinen das länger anzutun, es könnte etwas zerstören, du wirst mich verstehen, du bist eine so wunderbare Frau, und ich bin dir sehr dankbar. Was hatte ich erwartet? Es war eine Affäre, und jetzt war sie vorüber. Anfangs fiel es mir sogar schwer, auf ihn wütend zu sein. Ein paar Monate später war es das Einzige, was mir gelang, und ich lebte davon, auf einem verzerrten Bild von ihm innerlich herumzutrampeln. Doch auch das lenkte mich nur unzureichend von der Selbstverachtung ab.

In den Monaten nach der Trennung verließ ich mein Zimmer im Studentenheim kaum. Es wurde zur Zelle und ich zu einer Monade. Nur spätnachts, eher am frühen Morgen, wenn auch die eingefleischten Nachteulen schliefen, schlich ich mich manchmal zur Etagenküche, um mir ein schnelles Spiegelei auf Toast zu braten. Alle paar Tage huschte ich morgens früh die Treppe hinunter und zum Laden auf der anderen Straßenseite, um einzukaufen, Brot, Käse, Hartwurst, Obst und Fischdosen, stets in panischer Angst, von irgendjemand, der mich kannte, angesprochen zu werden. Vorratshaltung auf dem Zimmer war, soweit es nicht um Süßigkeiten ging, streng verboten; jeder hatte sein abschließbares Fach in der Etagenküche und in den beiden großen Kühlschränken. Doch der Weg dahin war zu weit und führte durch das verminte Gelände möglicher Zufallsbegegnungen mit anderen Menschen. Deswegen hortete ich meine Vorräte auf dem Zimmer, kühlte sie in einem Plastikbeutel, den ich zum Fenster hinaushängte; das fiel an der Rückseite des Gebäudes nicht weiter auf; zumal auch noch vor ein paar anderen Fenstern Plastiksäcke von vermutlich ähnlich Gestörten baumelten. Das Fenster ging nach Norden hin, keine direkte Sonneneinstrahlung, immer dunkel, meist kühl. Wenig bekömmlich für die Seele, aber nützlich zum Erhalt der Lebensmittel.

Manchmal verließ ich tagelang meine Zelle nicht. Während dieser Zeit meiner Schattenexistenz reichten acht Quadratmeter für alle meine Bedürfnisse aus.

Hille hat mir erzählt, dass sie damals einmal an meiner Zimmertür geklopft und gerufen habe. Wir hatten im Hauptseminar gelegentlich nebeneinandergesessen; ich fand sie ganz nett, aber wir waren noch nicht miteinander befreundet. Damals hatte ich überhaupt keine Freundinnen. Die leidenschaftliche Liebe duldet keine Freundschaft neben sich. Die Schulfreundschaften waren zerbröselt, die Ferien hatte ich zuletzt zwischen Harry und meiner Familie geteilt, während des Semesters jedes Wochenende zu Hause verbracht, mit Siri und Mutter. Siri, meine kleine Schwester, meine engste Vertraute seit Kindertagen, war zum Studium nach Amerika gegangen, und es sah schon ganz danach aus, als ob sie dort für immer hängen bleiben würde.

Ich habe an deiner Zimmertür geklopft und gerufen, erzählte Hille, ich hatte schon vorher in deinem Postfach eine Nachricht für dich hinterlassen, wollte dich zu meiner Examensfete einladen. Du hast überhaupt nicht reagiert. Als ich vor deiner Tür stand, ahnte ich, dass du zu Hause warst und dich nur tot stelltest. Ich habe durch das Schlüsselloch geschaut und dich auf dem Bett liegen sehen.

Da fand sie mich sonderbar, wie sie mir später erzählte, sodass sie sich einstweilen nicht mehr um mich kümmerte. Wir haben uns erst einige Jahre später angefreundet, als wir zufällig in einer Frauenselbsterfahrungsgruppe wieder aufeinanderstießen.

Die gute Hille! Ich hätte nie vermutet, dass sie durch Schlüssellöcher schaut. Ob sie das heute noch tut? Ich wünschte, sie stände jetzt wieder wie damals vor meiner Wohnungstür und schellte und klopfte und riefe durch das Schlüsselloch, sodass ich mich aus der Badewanne bemerkbar machen könnte: Hilf mir, Hille! Ich stecke in der Klemme!

Ich friere. Meine Hände sind grau und verschrumpelt, obwohl ich mich bemühe, sie aus dem Wasser zu nehmen, auf dem Wannenrand abzulegen, doch diese Haltung ist den Schultern auf Dauer nicht bekömmlich. Ich muss in immer kürzeren Abständen warmes Wasser nachlaufen lassen, weil mich zwischendurch friert. Natürlich, es wird Nacht, das Dachfenster ist hochgeklappt und das kleine Fenster am Fußende der Badewanne steht einen Spaltbreit offen. Obwohl es noch recht warm draußen ist, ein Spätsommerabend, spüre ich ständig diesen kleinen Luftzug über mich hinwegstreichen, der mich schaudern macht.

Das Zimmer im Studentenheim damals, das erste Zimmer, das ich im Leben für mich allein hatte, war kleiner als mein Bad heute: ein unerhört schmales Bett an der einen Längswand, der Schreibtisch im rechten Winkel zum Kopfende vor dem Fenster, der Stuhl vor dem Schreibtisch. Wenn ich den Plastikbeutel mit dem Futter aus dem Fenster hissen oder einziehen wollte, musste ich auf dem Schreibtisch knien. Die Zimmertür befand sich dem Fenster gegenüber und war von einem Einbauschrank eingefasst, der über die gesamte Schmalwand lief und bis zur Decke reichte. Dem Bett gegenüber, auf der anderen Längsseite, eine niedrige Kommode, die man in die Mitte des Raums ziehen und so zu einem Minitisch umfunktionieren konnte. Die Farben: Schwarz und Rot. Rot der Bettüberwurf, ein rotschwarzer Wandbehang, all meine Poster an der Wand auf schwarzem Fotokarton aufgezogen, expressionistische Drucke mit handbreitem Trauerrand. Damals liebte ich Schwarz und Rot, extreme Zustände, Leidenschaft oder Verzweiflung, keine halben Sachen, und jetzt war Verzweiflung angesagt.

Es gab im Zimmer nur das kleine Waschbecken neben der Tür, am Fußende des Bettes. Ich hatte einen Tauchsieder, sodass ich mir Tee machen konnte, sooft ich wollte. Keine Dusche. Die Etagendusche, mit zwei Duschkabinen für die zehn Zimmer dieses Stockwerks, befand sich am anderen Ende des Gangs neben der Küche. In der Zeit der Verzweiflung benutzte ich sie nicht – ich hätte ja mein Zimmer verlassen müssen. In diesen Wochen schrumpfte ich, schrumpfte immer mehr, bis ich fast ganz verschwunden war.

Nach und nach wurde ich mir selbst unheimlich. Bevor ich völlig durchdrehte, flog ich aus dem Studentenheim. Mir wurde gekündigt, weil ich die maximale Wohndauer bereits um ein Semester überschritten hatte, zu meinem Glück, denke ich heute. Weil ich gezwungen war, mir eine andere Bleibe zu suchen, riss ich die Telefonnummer von dem ersten Zettel ab, der auf dem Frauenklo der Mensa hing: Sylvie (24) und Gisela (23) suchen dritte Frau für Drei-Zimmer-WG. Ich, Ulrike, war 25. Bei Sylvie und Gisela wurde ich allmählich wieder etwas normaler.

Ich glaube, sie fanden mich ganz passabel, waren nur etwas genervt von meiner leidigen Dauerbaderei. Dabei hatten die beiden durchaus auch ihre Macken! Gisela schleppte ständig neue Kerle an; während des knappen Jahres, in dem wir zusammenlebten, waren es mindestens vier. Oft saß da schon einer am Frühstückstisch, wenn ich morgens noch ohne Kontaktlinsen in die Küche schlurfte, um mir meinen Aufwachtee zu kochen. Immer, wenn ich mir gerade einen Namen gemerkt hatte – Hi, Stefan!, sagte ich, ich konnte ohne Kontaktlinsen nur die groben Konturen wahrnehmen –, dann war es schon nicht mehr Stefan, sondern Klaus, und kaum hatte ich mich an Klaus gewöhnt, da war es Karl oder Michael oder wie sie hießen. Und Sylvie zog manchmal ungefragt meine Blusen an, nur weil meine gebügelt und ihre nicht mal gewaschen waren, und tat gern so, als habe sie sie nur verwechselt. Außerdem hatte sie eine grauenhafte Mutter, die wir alle vierzehn Tage über uns ergehen lassen mussten. Trotzdem fanden die beiden sich normal und nahmen mir die Badewanne übel. Einmal kam ich in die Küche und hörte noch, wie Sylvies Mutter eine Bemerkung über meinen krankhaften Waschzwang machte, bevor alle schuldbewusst verstummten.

Waschzwang! Ich war versucht ihr zu erzählen, dass ich mich vorher im Studentenheim wochenlang nicht geduscht und meine Haare notdürftig im kleinen Handwaschbecken gewaschen hatte. Ganz zu schweigen von der Tatsache, dass ich zuletzt auch ins Waschbecken pinkelte, um mein Zimmer tagsüber nicht verlassen zu müssen. Waschzwang! Ich ließ sie in ihrem Glauben. Dabei war die Badewanne bloß mein Zufluchtsort.

Als ich nach einem weiteren Jahr endlich Examen gemacht und eine Stelle gefunden hatte, nahm ich mir sofort eine eigene Wohnung. Ein Einzimmerapartement, Wohnschlafzimmer mit Kochnische. Ein Balkon war nicht dabei, aber ich konnte mich, wenn ich wollte, in dem geöffneten, bis zum Boden reichenden doppelflügeligen Wohnzimmerfenster sonnen, hoch über der Stadt, nackt, weil es kein Gegenüber gab. Das Appartement besaß keine Diele, man trat vom Hausflur aus direkt in das geräumige Wohnzimmer. Der einzige abgetrennte Raum war das kleine Badezimmer, das fast vollständig von einer Badewanne ausgefüllt wurde.

8

Im Übrigen habe ich schon mal in meinem Leben in einer Badewanne übernachtet, allerdings vollständig bekleidet in einer trockenen Wanne. Da war ich Anfang zwanzig und die Badewanne Ersatz für mein Bett. Das war zwar etwas unbequem, doch immerhin tröpfelte der Wasserhahn nicht. Jedenfalls habe ich diese Nacht in besserer Erinnerung als die ein paar Wochen zuvor mit Harry auf einer Bank in der Nähe des Trafalgar Square. Jeder von uns auf einer Bank, natürlich, zwei Bänke nebeneinander, doch beide waren sie viel zu kurz, von seitlichen Armlehnen begrenzt, vermutlich in voller Absicht so konzipiert, dass man sich nicht richtig darauf ausstrecken konnte. Harry und mir war bei einem London-Trip am Wochenende das Geld ausgegangen. Wir wussten nicht, wohin, und so versuchten wir nach stundenlangem ziellosen Herumlaufen, uns für den Rest der Nacht auf diesen Bänken zusammenzukrümmen. Später begann es auch noch zu nieseln. Ich war so erschöpft, dass ich trotz der unbequemen Lage immer wieder einschlief. Als uns ein unfreundlicher Bobby im Morgennebel wachrüttelte, hatte ich hohes Fieber und konnte keinen Ton herausbringen, eine scheußliche Erkältung. Die Nacht in der College-Badewanne dagegen habe ich körperlich ganz unbeschadet überstanden. Sie machte allerdings erste Risse in der Beziehung zu Harry sichtbar.

So viel Vergangenheit, nichts als Kaffeesatzlesen im zerfallenden Badeschaum. Das bisschen Gegenwart, das ich mühsam nach Günther wieder ansammeln konnte, ging in der Zeit mit Bodo verloren. Meine Gegenwart reicht nicht über diesen Bottich hinaus. Die Zukunft besteht aus Frau Bisam, die mich hier rausholen soll.

Ich kann mich täuschen, aber mir scheint, dass damals in York mein Leben nur aus Gegenwart bestand. Familie und Kindheit hielt ich weit von mir geschoben, und Bilder einer Zukunft, jenseits des Studiums, gab es nicht. Harry heiraten und in England bleiben? Schwer vorstellbar. Da wäre ich doch immer eine Fremde geblieben; es war schließlich nicht wie heute, in den Zeiten der Globalisierung, in den 70er-Jahren hätte ich dort vermutlich nicht einmal einen Beruf ausüben können. We shall have children and you will be a mother. Like my mother. Schreckliche Vision einer Falle, die sich über mich stülpt und zuschnappt, für immer. Und wenn er nach Deutschland gekommen wäre? Seine Chancen, bei uns eine Stelle zu finden, waren größer als meine drüben, obwohl er kein Wort Deutsch sprach. Was wäre schlimmer gewesen: ich sein Anhängsel in England, er mein Anhängsel in Deutschland? Der Gedanke, dass ich unter diesen Umständen für sein Lebensglück verantwortlich sein würde, schreckte mich über die Maßen. Dabei liebte ich ihn doch oder glaubte zumindest, ihn zu lieben. Ich fühlte mich jedenfalls wohl in seiner Gegenwart.

Warum also überhaupt an Zukunft denken? Wir waren ein Paar, wir verstanden uns gut, trabten im Gleichschritt durch unser gemeinsames Studienjahr. Wir besuchten weitgehend dieselben Seminare und Vorlesungen, und wenn unsere Stundenpläne mal ein bisschen voneinander abwichen, trafen wir uns vor und nach den kurzen Trennungen in der Bibliothek oder in der Mensa. Meistens verbrachten wir die Abende, die Nächte, die Wochenenden bei ihm, denn ich teilte ein Doppelzimmer mit einer anderen Studentin, während er ein privates Zimmer außerhalb des Colleges bewohnte. Seine Wirtin, eine exzentrische Person, die ständig rauchte, sehr laut lachte und zu viel trank, wie Harry missbilligend behauptete, tolerierte meine Anwesenheit; ihr Fernseher in der Wohnung unter uns war immer sehr laut gestellt.

In Harrys Zimmer stand vor dem Fenster ein quadratischer Tisch, an dem wir meist gleichzeitig arbeiteten. Wenn wir sehr in Fahrt waren, verhakten sich manchmal die Walzen unserer beiden kleinen Reiseschreibmaschinen ineinander. Seine Matratze lag auf dem Boden und bot Platz genug für uns beide. In der Ecke neben dem Fenster ein Waschbecken, die Toilette auf halber Treppe teilten wir mit Mrs. Gilbert. Auf der Fensterbank stand Harrys Campingkocher mit einer Gasflamme, auf der wir uns Dosensuppen aufwärmten; ansonsten lebten wir von der Mensa, von Fish und Chips und von Take-away-Chinese-food. Ein Herbst, ein Winter, ein Frühling, ein Frühsommer. Vor allem Frühling; wenn ich die Augen schließe, sehe ich noch die Osterglocken ringsum auf den Wällen der Stadtmauer blühen – ein Meer von golden daffodils, die säumten unseren täglichen Fußweg zur Uni. Meinen Schreibtisch im Doppelzimmer im College benutzte ich meist nur tagsüber, zwischen den Vorlesungen, um mich vorzubereiten und mal richtig aufzuwärmen.

Denn das College war ein moderner Bau mit Zentralheizung, während es in Harrys Zimmer reichlich feucht und zugig war. Ich fror viel in diesem Jahr, obwohl ich meist mehrere Kleidungsschichten übereinandertrug. Harry dagegen war es nicht anders gewohnt. Ich friere auch jetzt, fange sofort an zu bibbern, wenn ich nur daran denke – neues warmes

Wasser muss her! Das englische Wetter war genau so, wie man es von ihm erwartete, meistens feuchtkalt und neblig, nicht selten stürmisch. In Harrys Zimmer gab es nur eine lächerliche Elektroheizung, die unersättlich unsere Schillinge schluckte, ohne viel Wärme abzugeben. Wenn ich fror, tranken wir Tee – hot, sweet and strong –, der so schwarz aussah wie Kaffee, mit viel Zucker und Milch, oder wir krochen gemeinsam unter die Bettdecke, und Harry wärmte mich. Ich fand es gemütlich, wenn er mir Erzählungen und ganze Romane vorlas.

Wir lebten nur in der Gegenwart. Oder scheint das nur im Nachhinein so einfach?

Meine Nacht in der Badewanne fand kurz vor meiner Rückkehr nach Deutschland statt. Ich hatte mich mit Harry gestritten. Das kam höchst selten vor. Es war auf dem Rückweg vom Kino, wir hatten eine Romanze gesehen, in der eine Karrierefrau, als sie der großen Liebe begegnet, von heute auf morgen für Mann und Kind ihre glänzende berufliche Zukunft aufgibt. Ich mokierte mich darüber: Was für ein Schmalz, was für ein altmodischer Kitsch!, und erwartete, dass er in meinen Spott einstimmen werde. Auch die Engländer verwenden das deutsche Wort »Kitsch«. Doch er begann einigermaßen übergangslos, die Selbstlosigkeit seiner Mutter zu preisen. Erwartest du das etwa auch von mir? Dass ich nur noch für die Familie lebe? Da

80

schaukelte sich etwas ganz schnell hoch, obwohl er sich beeilte, mir zu versichern, wie sehr es ihm an mir gefalle, dass ich so intelligent und ehrgeizig sei. Was für ein blödes überholtes Frauenbild du doch hast! Ich wandte mich abrupt von ihm ab und bog in eine Seitenstraße ein, Richtung Uni. Heute Nacht will ich allein sein! Es war schon ziemlich spät, er kam mit ausgebreiteten Armen hinter mir her und versuchte, mich zu besänftigen, vergeblich. Ich schüttelte ihn wortlos ab, ich wollte wütend sein, ich wollte die Dinge auf die Spitze treiben. Es gelang mir auch hervorragend, während des halbstündigen nächtlichen Fußmarsches zum College, allein, meinen gerechten Zorn zu konservieren. Kurz vor Mitternacht stand ich vor der Tür des Zimmers, das ich mit Jenny teilte, einer selbstbewussten achtzehnjährigen Studentin im zweiten Studienjahr.

Ich schloss leise auf und trat vorsichtig ein, ohne die Deckenlampe anzuknipsen, weil ich sie nicht wecken wollte. Doch auch ohne elektrisches Licht bemerkte ich im fahlen Mondschein bald, dass sie nicht allein war; ihr Freund lag bei ihr; beide schliefen. Auf Zehenspitzen schlich ich mich in die andere Zimmerhälfte, wo mein Bett unter dem Fenster stand – und blieb geschockt stehen. Es war ebenfalls belegt, mit einem Paar, das ich in diesem Halblicht nicht einmal erkannte!

Sorry, murmelte Jenny, und hob schlaftrunken den Kopf aus dem Kissen, Jeff und Linda hatten nichts anderes, wo sie hingehen konnten. Wir dachten, du bist bei Harry!

Sorry, murmelte ich meinerseits – wie albern, mich auch noch zu entschuldigen! – und verließ fluchtartig das Zimmer. Was sollte ich denn tun? Die beiden rauswerfen – ihnen vorhalten, dass ja wohl ich das erste Recht auf dieses Bett hätte? Jenny war insofern zu verstehen, als ich in den vergangenen Wochen fast immer bei Harry geschlafen hatte – und wenn das ausnahmsweise mal nicht der Fall gewesen war, hatte ich es ihr vorher stets angekündigt, damit sie und Will sich darauf einstellen konnten. Trotzdem fand ich es unerhört, dass sie einfach so über mein Bett verfügt hatte.

Heimatlos und elend strich ich den Flur entlang. Doppelt wütend, doppelt frustriert. Ganz bestimmt würde ich jetzt nicht zu Harry gehen. Ich hatte keinen Schlüssel, doch ich hätte Steinchen gegen sein Fenster werfen können, das funktionierte zumindest tagsüber immer. Vermutlich wäre er beglückt und erleichtert gewesen. Aber die Genugtuung gönnte ich ihm nicht. Lieber würde ich im Junior Common Room, einer großen ungemütlichen Durchgangshalle, auf einem Sessel den Morgen erwarten. Doch als ich am Badezimmer vorüberging, kam mir die viel bessere Idee.

Natürlich lag es um diese Nachtstunde leer, ein geheizter und vergleichsweise behaglicher Raum. Ich schloss mich dort ein, bestieg die Wanne, streckte mich darin seitlich lang, so gut es ging, ein bisschen Embryonalstellung, deckte mich mit meinem langen schwarzen Maximantel zu – damals waren Miniröcke unter Maximänteln der letzte Schrei. Dann schob ich die Handtasche als Kissen unter den Kopf und war in kürzester Zeit eingeschlafen.

Ich erinnere mich nicht mehr an die Versöhnung mit Harry danach; vermutlich hat das Zerwürfnis nicht einmal den nächsten Tag überdauert. Als mein Studienjahr in York zu Ende gegangen war, dauerte unsere Liebe noch zwei Jahre. Lange Briefe, wöchentlich, hin und her, und vier oder fünf Besuche im Jahr, abwechselnd er zu mir, ich zu ihm, ein, zwei, manchmal sogar drei Wochen lang. In den großen Sommerferien trampten wir einmal den Rhein entlang und quer durch den Schwarzwald, im nächsten Sommer durch den Lake District und die North Yorkshire Moors hinauf bis nach Schottland. In den kleinen Ferien fielen wir schnell in den vertrauten Alltagsrhythmus, wir lasen, streiften zu Fuß durch die Stadt, hockten in der Bibliothek und arbeiteten, lasen uns gegenseitig Bücher und unsere Aufsätze vor, wobei ich im Nachteil war, weil ich meine Texte für ihn aus dem Stand übersetzen musste, was sie immer ein bisschen flacher erscheinen ließ, als sie tatsächlich waren. Musste er mich deswegen nicht für einfältiger halten, als ich war? Harry war nicht nur intelligent, er war brillant; er war der Beste unseres Jahrgangs gewesen. Zum Wandern, Arbeiten und Vorlesen kam nun auch noch das gemeinsame Kochen hinzu, denn Harry, der schon promovierte, hatte inzwischen eine eigene kleine Zweizimmerwohnung, geräumiger, aber kaum weniger karg und zugig, als sein Studentenzimmer gewesen war.

In meinem letzten Studienjahr begannen wir mit der Idee zu spielen, dass er im kommenden Jahr, nach seiner Promotion, versuchen würde, in Deutschland einen Job zu finden – vielleicht als Lehrer an einer Privatschule?

Doch dann begegnete ich auf einer Tagung Jürgen und verliebte mich Hals über Kopf in ihn. Erst später habe ich begriffen, dass der Zeitpunkt kein Zufall war. Das war also die große Leidenschaft, die ich bisher nur aus Büchern und Filmen kannte, Himmel und Hölle zugleich – endlich wusste ich es. Und vorher, mit Harry? Zwei Kinder, die harmlos miteinander im Sandkasten spielten, so schien es mir jetzt. Natürlich musste ich mich von ihm trennen, gleich, sofort, ob-wohl ich ihn immer noch gern hatte und wusste, wie weh es ihm tun würde. Dass Jürgen verheiratet war, hatte in Anbetracht unserer Leidenschaft keinerlei Bedeutung, nichts hatte mehr Bedeutung. Ich überließ mich einfach dem Strudel des Geschehens.

Von heute aus ist es leicht zu sagen: Wie kindisch! Wie unreif, etwas im Ansatz Gutes, das hätte wachsen können, für etwas Illusionäres zu zerstören! Doch damals hatte ich keine Wahl, es schien eine Angelegenheit auf Leben und Tod. Vielleicht floh ich vor der Leere nach dem Examen, vielleicht war die Leere immer schon da gewesen. Harry jedenfalls hatte nicht ausgereicht, mich davor zu beschützen. Es bedurfte schon einer mächtigeren Droge, sie zuzudecken. So vergaß ich den liebevollen, nachdenklichen, geduldigen Harry fast schlagartig. Der Sex mit ihm war Hausmannskost gewesen wie die Eintöpfe, die wir uns auf seinem Gaskocher auf der Fensterbank aufwärmten, immer das Gleiche, er oben, ich unten, ein bisschen rein und raus und dann fertig. Daneben tauschten wir Kinderzärtlichkeiten aus. Ich hatte es durchaus gemocht, keine Frage – aber damals hatte ich ja auch noch nie Austern und Kaviar gekostet. Tag und Nacht dachte ich jetzt nur noch an Jürgen, genau genommen daran, mit ihm ins Bett zu gehen. Dazwischen schmeckte ich unserem letzten Treffen nach, fieberte unserem nächsten entgegen.

Harry habe ich nur ein einziges Mal wiedergesehen, ein Jahrzehnt nach unserer Trennung, als ich mit Günther Englandurlaub machte. Ich rief ihn an und bat um ein Treffen. Er benahm sich distanziert; durch seine scheinbare Arroganz hindurch konnte ich spüren, wie tief verletzt er noch war. Ich konnte ihn nicht versöhnen.

Alles so lange vergangen. Ich würde wahrscheinlich nie mehr daran denken, wenn nicht die Geschichte mit Bodo gewisse Ähnlichkeiten mit der Jürgen-Affäre hätte. Ich kann darin nur einen gemeinen ironischen Schlenker meines Lebens sehen. Im Badezimmer ist es inzwischen ganz dunkel geworden. Nur das schwarze Regal hebt sich von der Dunkelheit noch schwärzer ab.

Günther hätte ich nie verlassen. Genau die gleiche Dummheit begeht man nicht zweimal. Er ist gegangen und hat mich mit der Leere allein gelassen. Da, wo er mir früher in der Badewanne gegenübersaß, hockt jetzt ein Regal, vor mir, über mir. Mein Gegenüber ist ein Möbel, das mich aus finsteren leeren Regalhöhlen unbewegt anstarrt.

9

Durchs gekippte Dachfenster, durchs kleine quadratische Wandfenster, von allen Seiten kriecht jetzt die Nacht herein. Ich döse im dämmerigen Badezimmer vor mich hin. Natürlich kann ich den Lichtschalter nicht erreichen. Das schwarze Ungetüm des über mir lauernden Regals versperrt mir zur Hälfte den Blick auf das silbrig schimmernde Quadrat des Fensters am Fußende der Wanne. Daneben leuchtet das Waschbecken weiß, der Spiegel darüber ist zu einer glatten schwarzen Fläche erblindet. Der Himmel über der Stadt ist so hell, dass man durch das Dachfenster nur wenige Sterne sieht. Zwei oder drei, den dritten bilde ich mir vielleicht auch nur ein.

Wie spät mag es sein?

Zwischen neun und zehn, schätze ich mal. Ich hänge jetzt also inzwischen etwa vier Stunden hier fest. Bis mich morgen früh Frau Bisam erlösen wird, werden es noch mal zehn Stunden sein, die ganze elend lange Nacht liegt noch vor mir. Sage ich mir also lieber: Schon ein Viertel der Zeit abgesessen.

Sebastian Bleibtreu wird längst wieder zu Hause sein. Wie lange hat er wohl auf mich gewartet? Ob er sich sehr über mich geärgert hat? Ich nehme an, dass er es war, der vorhin – vor einer halben Stunde oder so – anrief. Ich hörte, wie sich im Wohnzimmer nach dem vierten Klingeln der Anrufbeantworter einschaltete, dann meine Ansage und schließlich das Klicken, als die Verbindung unterbrochen wurde, ohne dass der Anrufer etwas gesagt hätte.

Ich an seiner Stelle wäre verärgert. Er kennt mich nicht gut genug, um besorgt zu sein. Würde er mich besser kennen, wüsste er, dass ich im Allgemeinen zuverlässig bin. Wird er alberne Spielchen meinerseits vermuten? Dafür sind wir wohl beide zu alt, denke ich mal. Keine Ahnung, was er denkt. Was um Himmels willen soll ich ihm sagen, wenn ich ihn morgen anrufe? Sobald ich dazu imstande bin, muss ich ihn anrufen; ich kann nicht den Wiederbeginn unseres Kurses in drei Wochen abwarten. Die Wahrheit ist so unendlich lächerlich. »Ich war in der Badewanne gefangen, einen Abend und die ganze Nacht lang, und konnte das Telefon nicht erreichen.«

Zwei Sterne über mir. Im dunklen Badezimmer, auf dem Rücken in der Wanne, mit dem Blick auf das rechteckige Stück grauen Himmels, könnte ich mir einbilden, ich schwämme auf einem See, Rückenschwimmen, Sommernacht unter Sternenhimmel.

Einmal, noch gar nicht so lang her, mit Bodo – nächtliches Schwimmen in einem Bergsee, nackt natürlich, Vollmond oder nahezu Vollmond, Sommersonnenwende –, keines von den Romantik-Klischees fehlte. Doch es bedeutete nichts mehr. Es war schon zu Ende, wir hatten uns schon getrennt, doch irgendetwas ritt uns, die Realität zu leugnen, uns noch ein letztes Mal wie Verliebte aufzuführen. Ich will nicht daran denken, nie mehr, nicht an ihn, nicht an die Zeit danach, als der Wahn in sich zusammenfiel. Diese Bilder gar nicht erst aufsteigen lassen.

Ich friere. Ich habe Hunger. Der Rücken tut mir weh. Ich habe es satt, lauwarmes Leitungswasser zu trinken. Meine Hände und Füße schrumpeln. Meine Haut löst sich in kleinen Partikeln ab. Es wird sieben Jahre dauern, bis sie wieder nachgewachsen ist. Die Haut erneuert sich alle sieben Jahre. Die Seele erholt sich nie mehr.

So ein Unsinn.

Tatsache ist, dass ich friere und hier raus will. Mein Rücken schmerzt, weil ich mich nicht richtig ausstrecken kann. Ich habe nur einen Minispielraum, ein bisschen weiter vor- oder zurückzurutschen, und ich kann meinen Oberkörper nicht vollständig aufrichten.

Oh, Mist, verdammter! Warum musste mir so etwas Blödes passieren!

Im Wohnzimmer klingelt wieder das Telefon – eins, zwei, drei, vier. Ulrike Reimer, guten Tag. Ich bin zurzeit telefonisch nicht zu erreichen. Bitte hinterlassen Sie eine Nachricht, ich rufe Sie dann, sobald ich kann, zurück. Sobald ich kann – wie wahr! Es ist, obwohl ich nicht an Telepathie glaube, Sebastian Bleibtreu.

»Hallo, Frau Reimer, ich weiß nicht, ob Sie vergessen haben, dass wir heute verabredet waren, bei Marcello, in der Alleestraße. Es ist jetzt neun Uhr. Ich werde noch etwa zwanzig Minuten hier warten und dann nach Hause gehen.«

Eine freundliche unaufgeregte Stimme. Ich würde ihm gern zurufen: Hier bin ich! Hier! Bitte benachrichtigen Sie meine Putzfrau! Meine Freundin! Die haben einen Schlüssel! Zwanzig Minuten würden mir gerade noch Zeit geben, zu Marcello zu fahren, wenn ich jetzt seelenruhig in meinem Wohnzimmer säße und es tatsächlich vergessen hätte.

Ich weiß nichts über ihn. Nicht mal, was er beruflich gemacht hat; das erzählen Männer doch sonst immer als Erstes. Er lebt allein, keine Ahnung, ob geschieden oder nur getrennt oder verwitwet, keine Ahnung, ob irgendwie liiert, und er bügelt selber und trinkt gern Rotwein. Außerdem zieht er Sonnenblumen auf seinem Balkon. Das erzählte er mir, ich weiß nicht, warum, als wir nach der letzten Sitzung des Schreibkurses vor der Sommerpause gemeinsam zum Parkplatz gingen. Die Sorte mit den vielfach verzweigten Blüten, es sind zurzeit an die zwanzig, erzählte er stolz; sie saufen das Wasser eimerweise.

Sie ziehen Sonnenblumen auf dem Balkon?

Im dritten Stock.

Aber die werden doch zwei Meter hoch und knicken schon bei einer mittleren Windsbraut ein!

Meine nicht, sagte er. Er habe sie angebunden, er habe die Kübel dicht an die Wand gestellt, auch sei sein Balkon überdacht und geschützt.

Danach fanden wir, bei meinem Auto angekommen, es sei doch vielleicht nett, während der Sommerpause unseres Kurses mal miteinander essen zu gehen. Genau genommen schlug ich es vor, und er meinte: Prima Idee und dass er mich anrufen werde. Was er eine gute Woche später auch tat.

Natürlich bedeuten Sonnenblumen auf einem Balkon gar nichts, obwohl ich nicht viele Männer kenne, die daran Freude hätten. Doch es ist einfach lächerlich, in meinem Alter bei jedem Mann, mit dem man ein paar freundliche Sätze wechselt, gleich daran zu denken, ob er einen mögen würde und umgekehrt. Noch schlimmer: Ob man sich vorstellen kann, mit ihm ins Bett zu gehen oder nicht! Selbst beim Nachbarn Bernd Süßmeyer aus dem Erdgeschoss habe ich kurze Zeit darüber nachgedacht. So was wäre verzeihlich, wenn man noch zwischen zwanzig und vierzig wäre.

Komischerweise scheinen die zwanzig- bis vierzigjährigen Singles in meinem Bekanntenkreis, die Kinder meiner Freundinnen, solche Überlegungen erheblich seltener anzustellen als ich.

Woher willst du das wissen?, fragte Hille.

Warum laufen denn sonst so viele heutzutage ungepaart rum, in dem Alter – manchmal viele Jahre lang?

Was weißt denn du davon, wie die sich vielleicht im stillen Kämmerlein abmühen, was sie alles anstellen, um jemand zu finden?

Die haben doch noch einen riesigen Markt! Die könnten doch immer noch jede Menge Partner haben, wenn sie nur wollten!

Vielleicht sind sie viel ängstlicher, als wir denken, vielleicht sind sie auch zu anspruchsvoll und haben illusionäre Erwartungen. Wie du, sagte Hille.

Wieder so eine Frechheit von ihr.

Bei Männern findet man es komischerweise nicht lächerlich, wenn sie in fortgeschrittenem Alter noch mehr oder weniger zielstrebig auf Freiersfüßen gehen. Siehe Bernd Süßmeyer, pensionierter Gymnasiallehrer, Geografie und Geschichte. Er fand es überhaupt nicht peinlich, mir zu erzählen, dass er sich regelmäßig in eine Internet-Partneragentur einloggt und mit irgendwelchen zehn bis zwanzig Jahre jüngeren Frauen E-Mails austauscht, von denen er einige dann auch trifft. Bisher sei nichts dabei gewesen, was ihm gefallen habe, verkündete er. Er ist kein sonderlich attraktiver Mann, von der äußeren Erscheinung her, klein, untersetzt, fast kahl, mit wässerigen Augen und einer fleischigen Nase, die zu viel in Rotweingläser getaucht wurde, geplatzte Äderchen. Doch es klang so, als hätten stets ihm seine Rendezvous-Partnerinnen nicht genügt und nicht etwa umgekehrt: zu alt, zu groß, zu dick, zu dünn, zu laut, zu unsportlich, zu wenig geistige Interessen – eine hohle Nuss, eine penetrante Emanze, ein nichtssagendes Mäuschen, die Stimme zu schrill, die Waden zu dick, kein Wunder, dass die geschieden ist (dabei ist er das selber!), Kinder – nur wenn sie schon aus dem Haus sind, warum sollte ich mich noch mal mit anderer Leuts Blagen abgeben? Wie kann er so abschätzig reden, ohne sich an die eigene unförmige Nase zu fassen? Guckt er nicht in den Spiegel? Oder sieht er da was anderes, als wir sehen? Dabei ist Süßmeyer gar nicht so übel, nur ein bisschen kontaktgestört. Hille mag ihn nicht – dein aufgeblähter kleiner Frosch, sagt sie, wieso meiner? –, tatsächlich aber rede ich ganz gern mit ihm. Von Zeit zu Zeit. Sonst wird er zu anhänglich.

Es ist jetzt neun Uhr, hat Sebastian Bleibtreu auf dem Anrufbeantworter gesagt. Erst neun! Dann habe ich erst drei Stunden abgesessen und muss noch elf weitere durchhalten. Was, sagte unser VHS-Dozent für autobiographisches Schreiben, ich glaube, es war in der vierten oder fünften Sitzung, was fällt Ihnen denn zum Thema »Die längste Nacht meines Lebens« ein? Über das, was mir als Erstes einfiel, mochte ich auf keinen Fall schreiben, also brachte ich die Geschichte über unsere skurrile Nachtfahrt im VW-Bus nach Mutlangen zu Papier, wo wir Anfang der 8oer-Jahre das US-Waffenlager mit den Pershings blockierten. Jetzt hätte ich was zu schreiben: »Die längste Nacht meines Lebens verbrachte ich eingeklemmt in meiner Badewanne.«

Als Erstes waren mir bei dem Stichwort die langen Nächte eingefallen, in denen ich auf Günther gewartet habe, voll panischer Angst, ihm könnte was passiert sein, wenn er allein unterwegs war. Günther war immer unpünktlich, das wusste ich schon lange, und doch glaubte ich bei jeder halben Stunde Verspätung an unvorstellbare Katastrophen. Wie viele Nächte habe ich am Küchenfenster gestanden, in meine Bettdecke gewickelt, und mit wachsender Panik in das bläuliche Licht der Straßenlaterne vor unserem Miethaus gestarrt.

Du wolltest vor zehn zurück sein!

Es hat halt länger gedauert. Wir sind noch einen trinken gegangen.

Warum hast du nicht angerufen?

Wegen einer Stunde? Ich dachte, du schläfst vielleicht schon, und wollte dich nicht stören.

Schrecklich lange Nächte, obwohl es meist nur ein, zwei Stunden waren. Dabei war Günther, trotz seiner chronischen Unpünktlichkeit, in den entscheidenden Dingen des Lebens zutiefst zuverlässig. Wenn niemand mehr da ist, muss man auch um niemanden Angst haben – ein Vorteil des Alleinlebens. Dann lieber eine lange Nacht in der Badewanne. Lästig, während man sie erlebt, aber bestimmt nur noch komisch, wenn man später davon erzählt.

Neulich las ich in der Zeitung von einer älteren Frau – einer wirklich älteren, einer alten Frau! –, die beim Blumengießen in ihre Wanne gestürzt war, sich irgendwas gebrochen hatte und nicht wieder rauskam. Das war natürlich gar nicht komisch. Niemand fand sie. Sie ist dort elendiglich umgekommen. Wieso muss sie aber auch zum Blumengießen auf den Badewannenrand klettern! Dabei mag ein Fensterbrett mit Blumen hinter einer Wanne womöglich nachvollziehbarer sein als ein Bücherregal über der Wanne, wenn man ehrlich ist. Doch was mir hier passiert ist, ist so unwahrscheinlich und so lächerlich; im Nachhinein wird mir niemand glauben, dass ich dieses Ding nicht einfach beiseiteschieben und aussteigen konnte!

Badewannenunfälle ereignen sich häufiger, als man denkt. Mein Großonkel Hugo zum Beispiel ist in der Badewanne ertrunken. Obwohl das natürlich zu derselben Kategorie von Familiengeschichten gehört wie die Mär vom Mann, der am Tag seiner Hochzeit mal eben Zigaretten holen ging und nie wiederkam.

Hugo war einer von Großmutters älteren Brüdern, Nummer zwei oder drei von sieben, ich weiß es nicht mehr genau. Ich vermute, die eigentliche Todesursache war ein Schlaganfall oder Herzinfarkt und sein Aufenthalt in der Wanne dabei eher zufällig – aber natürlich klang es für die Überlieferung viel interessanter, wenn man sagte, er sei in der Badewanne ertrunken. Zumal Hugo das schwarze Schaf der tüchtigen Industriellenfamilie war. Anstatt wie seine Brüder unermüdlich den schon beträchtlichen Wohlstand der Westfälischen Waggonfabrik zu mehren, hatte er seinem Hang zum Wohlleben nachgegeben, billige Weinlokale, zweifelhafte Tanztheater und andere unaussprechliche Etablissements frequentiert und war schließlich mit einer amerikanischen Revue-Sängerin durchgebrannt. Als er starb, war er noch keine vierzig, und natürlich hatte er auch immer viel zu viel getrunken und gegessen, vermutlich auch geraucht, große schwarze Zigarren würden zu meinem inneren Bild von ihm passen. Bei diesem Lebenswandel war es eigentlich nur stimmig, dass ihn der Zorn des Herrn in der Badewanne traf. Allerdings hatte er von der Zukunft ohnehin nicht mehr viel zu erwarten, nachdem die Sängerin ihn verlassen und der Vater ihn enterbt beziehungsweise auf den Pflichtteil gesetzt hatte – erst Letzteres und dann Ersteres, vermute ich. Das muss sich Anfang des 20. Jahrhunderts ereignet haben, vor dem Ersten Weltkrieg, als die Welt noch in Ordnung war. Jedenfalls so weit, dass sich, wer wollte, einbilden konnte: Jeder bekommt, was er verdient.

Auch so eine Geschichte, die sich in meinem Schreibkurs hübsch vortragen ließe.

Fragt sich, für welche Sünden ich jetzt in der Wanne büße? Vielleicht ist das Wannenbad selber die Sünde beziehungsweise das, für was es steht? Nacktheit und die Beschäftigung mit dem eigenen Körper. Beschäftigung mit der eigenen Nacktheit als Ersatz für Zärtlichkeit und Körperkontakt. Bitte schön – wenn sich schon sonst niemand mit meinem Körper beschäftigt! So was wie Selbstbefriedigung also. Pfui! Böse! Schlecht! Aber so katholisch empfinde ich doch gar nicht. Wenn es also nicht die Sünde der Wollust ist, Wollust mit sich selbst, dann ist es die wohl noch verwerflichere der Passivität und Selbstaufgabe.

Das Schwimmen in Seen und Flüssen hat so etwas Frisches, etwas Aktives, Sauberes, Gesundes, wie übrigens das Duschen auch. Dagegen ist das Wannenbaden dekadent, faul und schwül. Unverzeihliches Sichgehenlassen. Schwimmen im eigenen Saft. Weichliches Zerfließen, eine Art Selbstauflösung.

Stunden in der Badewanne liegen – ich meine jetzt: freiwillig! – bedeutet nichts anders als: Lasst mich doch alle zufrieden! Ich spiele nicht mehr mit, ich spiele für mich allein. Mein Großonkel Hugo wollte sich nicht mehr strebend bemühen, er weigerte sich ganz einfach, tüchtig und vernünftig zu sein. Stattdessen wollte er sein ganzes verpfuschtes Leben vergessen, es sollten nur noch die Basisgefühle »warm«, »wohlig«, »satt« übrig bleiben. Von wegen erwachsen werden und Verantwortung für sich selbst übernehmen. Ich will mich einfach nicht über das Säuglingsstadium hinaus entwickeln. Autismus in Reinkultur. Ich glaube, das ist überhaupt das Sündhafteste an der Badewanne. Die Schokolade und der Sherry am Wannenrand sind da nur dekoratives Beiwerk.

Das Telefon! Noch einmal das Telefon! So spät – das kann nur Hille sein.

»Bist du schon im Bett? Ich habe heute mit Sarah telefoniert, bei ihr ist schon wieder Land unter. Hätte gern gehört, was du davon hältst. Vielleicht können wir morgen mal? Sonst am Freitag, wie besprochen. Hattest du nicht heute dein Date? Willst mir vielleicht gar nichts erzählen? Na denn! Gute Nacht, süße Träume! Oder guten Morgen, falls du das erst morgens abhörst.«

O Hille! Hätte ich doch ein Handy, ich hasse Handys. Aber selbst wenn ich eines hätte, hätte ich es wohl kaum mit ins Bad genommen. »Süße Träume«, das konnte sie sich doch nicht verkneifen. Ich wette, sie hat nur aus Neugier angerufen und nicht etwa ihrer Tochter Sarah wegen.

10

Schokolade. Nein, diesen letzten Riegel musst du dir aufheben. Irgendetwas Tröstliches sollte um drei Uhr nachts auch noch da sein.

Wenn ich nur lesen könnte. Das würde mich von den vielen Unannehmlichkeiten ablenken, die sich immer mehr bemerkbar machen, das Ziehen im eingeklemmten Bein, die verkrümmte Wirbelsäule, Verspannung im Nacken, Seitenstechen, allgemeine Taubheit der Glieder, Frieren, das scheußliche Fortschreiten des Verschrumpelungsprozesses. Stell dich nicht so an, meine Liebe. Alles nur Zipperlein. In diesem Augenblick liegen wie in jeder anderen Nacht Hunderte und Tausende von Menschen in Krankenhäusern oder sonst wo, die wirklich Schmerzen haben, richtig schlimme, kaum auszuhaltende Schmerzen, die können sich auch nicht, wie sie wollen, von einer Seite auf die andere drehen, weil sie frisch operiert sind oder von einem Unfall zerquetscht oder von oben bis unten gespickt mit Kanülen und Kathetern.

Damit verglichen ist dein Wasserbett hier doch das reine Vergnügen.

Solche Patienten kriegen aber Schlaf- und Schmerzmittel! Jemand kümmert sich um sie, man sieht nach ihnen, sie sind nicht allein! Schmerzmittel hast du selber in Reichweite, kannst du jederzeit nehmen, wenn du willst. Doch so ernsthafte Schmerzen hast du gar nicht, wenn du ehrlich bist. Außerdem müsstest du auch im Krankenhaus auf den nächsten Morgen warten, da könntest du auch nicht dauernd nach der Nachtschwester klingeln, nur weil dir die Zeit lang wird und die Nacht dunkel ist. Die würde dir was husten!

Wenn ich nur lesen könnte! Doch ein Buch in der Nähe würde jetzt auch nichts nützen, weil ich den Lichtschalter nicht erreiche. Wenn ich wenigstens Musik hören könnte! Am Vorabend meiner Treffen mit Bodo habe ich meistens ein Wannenbad genommen und dabei Mozarts »Requiem« gehört. Komische Wahl, eigentlich, »Dies irae, dies illa« – dabei wollte ich mich nur in die Vorfreude hineinträumen. Mich der Strömung überlassen, die mich auf ihn zutrieb. Am Anfang hatte ich keine Angst. Es gab nichts zu entscheiden. Alles schien zwingend.

Umso mehr erschrak ich, als ich vor unserem ersten Treffen einen kurzen Blick auf ihn erhaschte, durchs Abteilfenster, wie er wartend auf dem Bahnsteig stand, während mein Zug einfuhr. Er stand da mit hängenden Armen und tieftraurigem Gesicht, ganz und gar nicht wie jemand, der freudig erregt einem Rendezvous entgegenfieberte, sondern eher wie jemand, der einen Richterspruch über Leben und Tod erwartet. Als ich ausstieg, hatte er sich gestrafft und kam mir lächelnd entgegen. Ich beeilte mich, dieses Bild zu vergessen.

Du wolltest jetzt nicht an Bodo denken. Du wolltest nie wieder an ihn denken.

Ich kann nicht verhindern, dass immer wieder Bilder vom See aufsteigen, während ich hier mitten in der Nacht auf dem Rücken in meiner Wanne schwimme. Die meisten Erinnerungen an unsere Zeit sind mit dem See verknüpft. Wir gingen und gingen, bei diesem ersten verabredeten Treffen, am See entlang in westliche Richtung, immer weiter; es regnete, warmer Regen, der See dampfte und brodelte, eine Nebelglocke waberte über dem Wasser und verschluckte alle Ufer. Wir gingen selbstverständlich eingehakt unter seinem großen Schirm, wir duzten uns sofort, der feine Nieselregen war unser Verbündeter. Alles war längst entschieden.

Der Anfang ist schwerer zu bezeichnen. Die Seitenblicke, die sich ineinander verschränkten, als wir auf dem Kongress zwei Wochen zuvor eine Zeit lang nebeneinandersaßen? Die spielerischen Anmerkungen zu den Vorträgen, die wie Flaumfedern zwischen uns hin und her gepustet wurden? Oder der Moment danach, in seinem Büro, als er für mich und ein paar andere Kollegen Unterlagen zusammensuchte? Sein Zimmer wirkte wie eine Studentenbude, an der einen Seite die übliche Bücherwand, ein mit einem großen Tisch verlängerter Schreibtisch vor dem Fenster, darüber hinaus war es mit Gegenständen vollgestopft, wie man sie eher in einem privaten Wohnzimmer erwarten würde, Bilder, Fotos, Plastiken, in der Ecke ein großer Weidenkorb mit Walnüssen. Das Sofa vermittelte den Eindruck, als würde er manchmal die Nacht hier verbringen. Ein reichlich chaotisches Büro, das intensiv nach Äpfeln roch – auf Schreibtisch und Fensterbänken waren dreißig, vierzig Äpfel ausgebreitet, viele wurmstichig.

Ich sammele sie auf, wenn ich mit dem Fahrrad an den Bäumen vorbeifahre, sagte er entschuldigend, als er meinen Blick auffing, ich kann es nicht ertragen, sie im Gras verfaulen zu sehen.

Eigentlich interessierte mich sein Arbeitsschwerpunkt nicht sonderlich, diese Mischung aus Psychologie, Religion, Esoterik, Alternativmedizin und Lebenshilfe. Eine Nische, erzählte er später, und dass sie ihn schon längst abgesägt hätten, wenn nicht ein wohlwollender Chefredakteur seine Arbeit sehr schätzte – und, was wohl noch mehr wog: wenn er nicht seit Jahren diese publikumswirksamen Tagungen organisieren würde. Ich war eher zufällig dort, hatte den Auftrag für die Geschichte ohne große Begeisterung von einer Kollegin geerbt, die durch Krankheit verhindert war. Dergleichen tat ich sonst als Sinnsuchegesäusel ab. Meine Themen waren handfester wirtschafts- und gesellschaftspolitisch. Doch in dieser Zeit war ich schon nicht mehr so wählerisch, sondern froh über jeden Auftrag.

Ich sah mich staunend in seinem Zimmer um, in dem wir zu dritt oder viert standen; ich war nur aus Neugier mitgekommen, seinetwegen; die Unterlagen nahm ich der Form halber entgegen. Ich verabschiedete mich als Letzte, wir tauschten Karten aus. Vielleicht sieht man sich ja mal wieder, sagte ich leichthin, vielleicht mit einem Hauch mehr Nachdruck, als unter diesen Umständen üblich ist. Das wäre schön, erwiderte er und sah mir in die Augen, nur ein paar Sekunden länger als üblich. Moment noch, sagte er dann plötzlich. Er wandte sich ab und wählte sehr umständlich zwei Äpfel von seiner Fensterbank, die er mir auf geöffneten Handtellern darbot. Ich nahm sie genauso mit beiden Händen entgegen, die Berührung elektrisierte mich.

Ich glaube, das sind die schönsten, sagte er.

In dieser Nacht träumte ich seit langer Zeit zum ersten Mal wieder von Günther. Günther war verreist gewesen und wieder zurückgekehrt; ich war sehr glücklich. Ich hatte eine Quiche gebacken, die ich ihm auf dem Backblech anbot. Er nahm ein Stück, doch statt davon abzubeißen, zerkrümelte er es bedächtig zwischen den Fingern über dem Teppich, sodass die Krümel Buchstaben bildeten. »U und G« stand da, unsere Initialen.

Nachdem ich eine Woche vergeblich auf Bodos Anruf gewartet hatte – ich war mir ganz sicher gewesen, dass er anrufen würde –, griff ich selber zum Telefon. Später erzählte er mir, er habe Hemmungen gehabt, auf mich zuzugehen, stattdessen über Möglichkeiten gebrütet, beruflich wie zufällig wieder anzuknüpfen, weil er verheiratet sei. Mir war er nicht verheiratet erschienen, sondern wie ein Einzelgänger.

Was setzt das Spiel in Gang? Natürlich die grundsätzliche Bereitschaft auf beiden Seiten, eine große innere Bedürftigkeit. Auf diesem Hintergrund reichen schon ein paar Sinneseindrücke, bloße Äußerlichkeiten womöglich: der Körperbau, die Art des Lächelns, ein trauriger Zug um die Augen – irgend so etwas rastet in ein altes Muster ein und lässt eine längst versunkene Sehnsucht wieder aufleben. Genau das hätte mich misstrauisch machen müssen. Doch ich wollte nicht skeptisch sein, ich wollte mich hinreißen lassen. Und er erklärte, während er noch zu zögern schien: Ich will nicht unterdrücken, was mir endlich wieder das Gefühl gibt, noch am Leben zu sein.

Mir gefielen seine nachdenklichen, abgewogenen Formulierungen, der warme Klang seiner Stimme, der umflorte Blick, die ruhige Art. Er war groß, noch schlanker als Günther, fast mager, sein Gesicht nicht unbedingt schön, unregelmäßige Zähne und eine Haut mit Kratern, als habe er in Jugendjahren mit Akne zu kämpfen gehabt. Seine Bewegungen wirkten fast zu bedächtig, wie verlangsamt. Das Dauerlächeln hätte mir zu denken geben sollen; es ließ seinen Gesichtsausdruck seltsam starr erscheinen.

Der See war die Kulisse. Wir trafen uns meist am See in diesem bewegten Jahr. Der war auf beruhigende Weise vertraut, blieb immer der Gleiche und war doch immer ein bisschen anders, verkleidet in den Kostümen von Wettern und Jahreszeiten. Daneben gab es die vielen Hotelzimmer und -betten, die waren auch immer gleich und immer ein bisschen anders. Und wir? Glitten, kaum dass es begann, auf abschüssige Bahn, verfingen uns, das dankbare Staunen über das Wunder war noch nicht verklungen, in Wiederholungsschleifen und taumelten, in schnellen und schnelleren Umdrehungen, auf das zu erwartende Ende hin. Ich hätte nie etwas anderes als einen freundlichen Zeitvertreib darin sehen dürfen. Das war der Fehler. Jetzt schäme ich mich dieser Verliebtheit. Wir waren schließlich beide keine Teenager mehr, ich Mitte, er Anfang fünfzig.

Nach äußeren Kriterien war er erfolgreich: Studium, Heirat, Hausbau, zwei Kinder großgezogen, ein Beruf mit hohem Sozialprestige und gutem Einkommen – und doch hatte ich das Gefühl, einem Menschen gegenüberzustehen, der nie wirklich gelebt hatte, so zurückgenommen und kontrolliert, fast ängstlich bemüht zu gefallen. Viel zu viel Kopf und gestutzte Flügel. Angeblich mache sich seine Frau rein gar nichts aus Sex, und sie schliefen seit Jahren nicht mehr miteinander. Vielleicht hatte er deswegen so verwahrlost auf mich gewirkt. Auch sonst gebe es wenig Gemeinsamkeiten, ein eher entleertes Nebeneinander, immer wieder auch hässlichen Streit, mit sich steigernden Ausfällen von beiden Seiten, kränkende, zynische, herabsetzende Bemerkungen, die sich über die Jahre immer tiefer eingefressen hatten.

Er sagte gleich zu Anfang: Ich glaube, ich bin ein schwieriger Mensch, mit Tränen in den Augen, als wolle er mich warnen.

Was meinst du mit schwierig?

Ich fühle mich so verknotet.

Ich fand, was ich an Schwierigkeiten wahrnahm, nur liebenswürdig. Vielleicht weil mir das Bild gefiel, das er mir von mir selber zurückwarf. Im Kontakt mit ihm fühlte ich mich lebendig, spontan, heil und rund. Endlich hatte ich wieder etwas zum Träumen. Seit ich allein lebte, hatte es für mich nur noch die Arbeit gegeben, eine straffe Tagesplanung und Wochenstruktur, an der ich mich entlanghangelte. Bis Ende nächster Woche die Recherche, je nachdem drei oder sechs oder zehn Tage zum Schreiben der Geschichte, spätestens dann muss der nächste Auftrag an Land gezogen sein. Abends manchmal ein Treffen mit Hille, Kino oder Abendessen mit Heinz und Annegret, immer seltener mit anderen.

Schon nach der ersten Zufallsbegegnung mit Bodo fantasierte ich unser nächstes Treffen, Arm in Arm, eng umschlungen, vertraut miteinander redend, leidenschaftlich küssend. Wunderbare Erwartungsbilder verschlangen sich ineinander: Ich stellte mir vor, wie er mich zu Hause besuchte, wie wir an Wochenenden miteinander reisten, ein wechselseitiges Besuchsmuster bildete sich heraus. In meiner Fantasie lebte er allein wie ich – warum hätte er sonst so einsam gewirkt? Vor dem zweiten Treffen, obwohl ich seine Lebenssituation inzwischen kannte, war ich in Gedanken schon mit ihm im Bett, malte mir Berührungen und Umarmungen aus. Meine Tagträume waren unserer Wirklichkeit immer einen Schritt voraus. In all den Jahren nach Günther hatten mich keine so körperlichen Bilder heimgesucht. Warum sollte mich die lästige Nebensache, dass er verheiratet war, daran hindern, ihn zu lieben? Hauptsache, wir können uns immer mal wieder sehen, getrennte Wohnsitze passen ohnehin besser zu unserer vorgerückten Lebensphase. Ich stellte mir vor, wie ich ihn Hille präsentiere; sie ist beeindruckt, freut sich für mich, er ist bei meinem Geburtstag anwesend, den ich seit Jahren nicht mehr feiere; jetzt entwarf ich im Kopf schon die Gästeliste.

Natürlich waren mir in den Jahren nach Günther Männer begegnet, das brachte schon mein Beruf mit sich, es waren auch ein paar sympathische und interessante darunter, die meisten natürlich verheiratet oder fest liiert. Gelegentlich gab es sogar jemand, der von den äußeren Bedingungen her in Frage gekommen wäre, getrennt, geschieden, verwitwet, jedenfalls alleinlebend. Hin und wieder hatte ich vorsichtig den Gedanken in meinem Kopf bewegt: Könntest du dir den als Freund vorstellen? Bernd Süßmeyer aus dem Erdgeschoss meines neuen Hauses war so einer. Er ist ja eigentlich ganz nett, sagte ich mir. Man kann doch eigentlich ganz gut mit ihm reden. Doch stets streikte meine Fantasie, wenn es daran ging, mir ein Miteinander im Bett auszumalen. Ich sagte mir, dass in den Jahren der Abstinenz meine Empfänglichkeit wohl einfach abgestumpft sei, dass der Appetit sich vielleicht erst beim Essen einstelle. Vielleicht musst du es einfach nur mal wieder probieren, dachte ich.

Vielleicht ist es überhaupt so, dass, falls sich irgendwann noch mal irgendwas tun sollte, heutzutage alles ganz anders läuft als früher. Will sagen: vorsichtiger, bedächtiger. Dem Alter entsprechend eben. Nicht mehr das stürmische Aufeinanderspringen, wie du es aus deinen wilden Jahren kanntest. Nähere dich also gesetzt, gib nur dezente Zeichen von Interesse, lange bloß nicht zu entschieden hin; das könnte die älteren Herren abschrecken. Draufgängertum mag an jungen Frauen attraktiv sein; mit Mitte fünfzig wirkt es nur lächerlich. Diese Überlegungen blieben Planspiele in meinem Kopf, während all der Jahre, niemals stellte sich wieder so etwas wie Appetit ein.

Bei Bodo dagegen flammte das Begehren sofort und noch einmal so heftig auf, als sei ich wieder dreißig. Hätte mich das warnen sollen? Es schien so einfach und leicht, miteinander Kontakt aufzunehmen. Wir waren auf so selbstverständliche Weise von Anfang an vertraut, schwerelos, nichts war peinlich oder beschämend – wir waren schon ein Liebespaar, noch bevor wir überhaupt richtig miteinander geredet hatten.

Ich würde Sie gern wiedersehen – ja, das wäre schön, ich auch – mit vor ungläubigem Staunen vibrierender Stimme – aber ich komme nicht zufällig in Ihre Stadt – wie wäre es, wenn wir uns auf halber Strecke träfen? – wann? – mit einem kaum verhaltenen Jubel – gleich nächste Woche? So leicht und rasch das Hin und Her, ohne Zicken und Zieren, in einer großen Atemlosigkeit. Es fügte sich ganz locker und war doch etwas so Ungeheuerliches für mich und wohl noch mehr für ihn, wie sich bald herausstellte.

11

Nun bloß nicht sentimental werden. Es ist vorbei. Verstehst du? Vorbei wie alles andere. Er war nur eine Randfigur in deinem Leben, nicht annähernd so wichtig wie Günther. Ich jammere ja gar nicht, ich klappere bloß mit den Zähnen, weil mich friert, es zieht lausig durch dieses Bad. Mehr heißes Wasser, oder du wirst dir eine Lungenentzündung holen.

Wozu brauchst du eigentlich einen Mann?, fragt Hille manchmal.

Meine Zeitrechnung, wenn ich rückwärts schaue, orientiert sich immer noch an den Männern, mit denen ich zusammen war. Ich sage nur selten: »während des Volontariats« oder »als ich noch beim ›Stern‹ war«, »nachdem ich freie Journalistin wurde«, sondern meistens: »in der Zeit mit Harry«, »nach dem Fiasko mit Jürgen«, ich unterteile die Ära Günther in die wilden und die entspannten Jahre; ich denke öfter: »nach Günther« und »nach Bodo« als »seit ich nicht mehr berufstätig bin«. Bei anderen Frauen gibt es immerhin noch die Kinder als Wegmarkierungen. »Das war während der Schwangerschaft mit Sarah«, oder »nach der Geburt von Sebastian«, heißt es bei Hille, »als ich noch keine« oder »als ich schon zwei Kinder hatte«.

Ich versteh nicht, warum du so wild auf einen Kerl bist, sagt Hille, und das nach all den Jahren Frauenbewegung!

Vermutlich kann sie es sich leisten, Männer überflüssig zu finden, weil sie seit Jahrzehnten verheiratet ist.

Hille sagt: Wir verdienen unser Geld selbst, wir bestreiten unseren eigenen Lebensunterhalt, und jetzt haben wir unsere eigene Rente. Im Haushalt bedeuten Männer, die nicht mehr berufstätig sind, mehr Arbeit als Entlastung, sie hängen den lieben langen Tag rum. Ich bin heilfroh, dass Jobst stundenlang mit seinem Computer spielt, da ist er mir wenigstens aus den Füßen. Sonst würde er nur an meinem Schürzenzipfel hängen. Viel anderes fällt ihm nicht mehr ein. Und am Ende hast du dann einen Pflegefall zu betreuen.

So redet sie ziemlich oft über den armen Jobst, keineswegs besonders freundlich. Ich mag ihn, wenn ich ihn auch etwas langweilig finde. Als er sich mit knapp 60 Jahren frühpensionieren ließ, hätte Hille sich beinahe scheiden lassen, weil er ihr so auf die

Nerven fiel – behauptete sie jedenfalls. Sie fuhr schon aus der Haut, wenn der arme Mann nur zur Toilette ging – dauernd knarrt die Treppe, und ich frage mich, warum er ständig im Haus herumschleichen muss. Kann er sich nicht sinnvoll an seinem Schreibtisch beschäftigen? Einmal hat sie ihn angeschrien, er solle sich bitte schön ab sofort ein Zimmer in der Stadt mieten und dort morgens nach dem Frühstück hingehen und erst am späten Nachmittag wieder zu Hause auftauchen, wie früher! Sonst würde auf der Stelle sie selber ausziehen. Die beiden haben sich dann doch noch arrangiert. Es hat allerdings mehr als ein Jahr gedauert, bis sie seine ständige Anwesenheit im gemeinsamen Einfamilienhaus akzeptierte, denn sie hatte sich angewöhnt, es ausschließlich als ihr Terrain zu betrachten.

Hille und ich treffen uns gewöhnlich etwa alle drei Wochen. Ich hätte nichts dagegen, sie öfter zu sehen, aber sie hat viele Termine und Verpflichtungen, vor allem, weil sie häufig einspringt, um ihre kleinen Enkel zu betreuen. Bisher ist es mir nicht gelungen, mit ihr wieder einen Jour fixe zu etablieren, wie wir ihn früher hatten, vor mehr als dreißig Jahren, bevor Sarah geboren wurde. Manchmal stöhnt sie darüber, wie wenig Zeit sie für sich hat, aber in Wirklichkeit genießt sie die Rolle der engagierten Großmutter. Einstweilen sind ihr Kinder und Enkel wichtiger als ich, und ich fürchte, allemal wichtiger als ihr Mann.

Brauchen wir die Männer etwa noch als Schutz vor wilden Tieren?, fragt Hille. Nun sei mal ehrlich, Ulli – nur wegen dem bisschen Sex? Das ist doch reichlich überbewertet! Außerdem werden sie in dieser Hinsicht kaum ergiebiger, wenn sie älter werden. Was meinst du, wie oft verheiratete Frauen in unserem Alter mit ihren Männern schlafen? Vergiss es! Ausgehen kannst du mit Freundinnen, Veranstaltungen besuchen, verreisen kannst du mit Freundinnen. Du kannst dich viel besser mit Frauen unterhalten. Was soll aufregend daran sein, den ganzen Tag mit jemand zu verbringen, von dem du schon seit 30 Jahren weißt, was er als Nächstes sagen wird? Nun gut, wir sind nicht in der Lage, unsere Autoreifen selber zu wechseln – aber dafür gibt es schließlich Kfz-Werkstätten. Nicht dass Jobst irgendwas reparieren könnte. Er verletzt sich jedes Mal, wenn er einen Versuch in diese Richtung unternimmt, und was die Steuererklärung betrifft, blickt er nicht mehr durch als ich, er tut bloß so. Ein Ehemann bedeutet doch nur, dass du dich ständig anpassen musst und freiwillig deinen Lebensradius reduzierst. Ist es das wert? Guck dir die empirischen Studien an, sagt Hille, die gepaarten Frauen haben einen kleineren Freundeskreis als die ungepaarten – und das rächt sich spätestens im höheren Alter, wenn sie ohnehin allein übrig bleiben. Dann stehen sie mit leeren Händen da, während die Single-Frauen einen Haufen Freundinnen haben.

Meinen Einwand, sie werde vielleicht erst begreifen, was Jobst ihr wirklich bedeutet, wenn er eines Tages nicht mehr da sei, wischt sie weg. Ihre Ehe mit ihm ist offenbar anders, als es meine mit Günther war. Deswegen hat es wenig Sinn, ihr zu erklären, was ich so vermisse.

Jobst hat sie eine Zeit lang betrogen. Achgottchen, sagt Hille, denkst du etwa, ich werfe ihm das noch vor? Das tun doch alle Männer!

Und die meisten Frauen!, sage ich.

Hille nicht. Und sie meint, vielleicht sei ich da untypischer gewesen als sie. Hille hatte überhaupt kein Bedürfnis, fremdzugehen, nie gehabt, behauptet sie. Auch nicht, als sie noch keine Kinder hatte, sie bekam Sarah und Sebastian erst spät, mit Mitte dreißig.

In den wilden 70er- und 80er-Jahren hat sie eine konventionelle Ehe geführt. Dabei war sie immer höchst interessiert an meinen Geschichten, sie liebte es, mich auszuquetschen, und vernahm meine Erlebnisse mit voyeuristischem Kopfschütteln und mehr oder weniger zweckdienlichen, süffisanten Kommentaren. Ich glaube, meinen Berichten zuzuhören war für sie wie ins Kino gehen. Als ich mit Günther in der Wohngemeinschaft lebte, war sie eine ganz normale

Mittelschichtfrau mit einem bürgerlichen Leben, Beruf und Kindern. Was könnte bürgerlicher sein als der Beruf der Lehrerin. Mein Journalistinnenleben war in dieser Zeit so viel glamouröser als ihres. Ich reiste viel, konnte einigermaßen frei über meine Zeit verfügen und hatte Kontakte mit Exoten aller Art. Ihr Alltag verlief dagegen ziemlich gleichförmig. Doch sie mochte ihren Beruf, bis zuletzt konnte sie ihren immer anstrengender werdenden Schülern etwas abgewinnen. Ich glaube, sie war unter anderem ihrer stoischen Haltung wegen eine gute Lehrerin. Sie ließ sich von nichts und niemandem so leicht aus dem Konzept bringen. In den Neunzigerjahren mochten die Schüler das lieber als die anbiedernde Art mancher übrig gebliebener Achtundsechziger. Wir verstehen euch ja so gut! Wir sind ja selber so jung geblieben!

Ich weiß nicht, wie ich ohne Hille die Zeit nach Günthers Tod überlebt hätte. Damals waren wir einander eine Zeit lang wieder fast so nah wie in unserer Jugend. Doch als ich nach der Affäre mit Bodo in Düsternis versank, war sie nicht besonders hilfreich. Sie wollte nicht zur Kenntnis nehmen, dass diese Trennung bei mir eine Depression auslöste. Was nicht sein kann, das nicht sein darf. Trauer um Günther: ja – Verzweiflung wegen Bodo: peinlich, unter meiner Würde. Irgendwie fand sie wohl, dass ich damit nicht nur mich selber lächerlich machte, sondern auch Günther posthum beleidigte. Eigentlich hatte sie völlig recht. Ich hätte ihr und mir nur zu gern den Gefallen getan und den Fall Bodo locker weggesteckt. Wahrscheinlich war ich genauso enttäuscht von mir wie sie.

Immerhin war sie da, auch wenn sie nichts kapierte. Immerhin jemand, der noch irgendwo vorhanden war, an den Rändern der Dunkelheit, die sich über mich stülpte.

Solange ich über Hille nachdenke, befinde ich mich auf sicherem Terrain. Auch wenn das Frieren und Zähneklappern gar nicht aufhören will. Jetzt begreife ich, warum man sagt: Ich friere bis auf die Knochen. Ob schon Mitternacht ist? Vorhin konnte ich, am Regal vorbei, durch das kleine Fenster, noch ein paar Lichter auf der Rückseite des gegenüberliegenden Hauses sehen. Inzwischen sind sie nach und nach erloschen.

Ich bin seit einem Jahr in Rente. Hille ist schon seit drei Jahren pensioniert. Sie vermisst ihre Schule nicht, hat einen klaren Schnitt gemacht, obwohl sie bis zuletzt gern hinging. Manchmal bekommt sie noch Anrufe, Briefe, Besuche von ehemaligen Schülerinnen und Schülern. Darum beneide ich sie, weil bei mir das berufliche Ende so unerfreulich war, erst eine allmähliche Häufung von Misserfolgen, am Ende ein trostloses Verläppern. Ich bekam einfach keine Aufträge mehr, wurde meine Ideen nicht mehr los, beim Fernsehen schon gar nicht, beim Rundfunk immer seltener. Meine Ansprechpartner in den Rundfunkanstalten waren nach und nach verschwunden, selber weggemobbt worden, und es war demütigend, den coolen gelangweilten Mittdreißigern, die jetzt auf ihren Plätzen saßen, immer neue Projekte anzubieten, an denen sie nur lustlos herummäkelten, da ja ohnehin von vornherein klar war, dass sie sie ablehnen würden. Sie hatten ihre eigenen Leute und ihre eigenen Vorstellungen. Nicht von heute auf morgen, nicht über Nacht – aber innerhalb von zwei Jahren musste ich erkennen, dass ich ebenfalls zum alten Eisen gehörte. Meine Themen interessierten nicht mehr. Meine Schreibe war von gestern. Die Begegnung mit Bodo entfachte noch einmal den Elan zu ein paar beruflichen Initiativen, die ins Leere gingen; die Trennung von ihm gab mir den Rest. Danach versuchte ich gar nichts mehr.

Hätte ich Günther noch gehabt, wäre ich bestimmt viel besser mit dem beruflichen Aus fertig geworden. Das darf dich doch nicht kränken, hätte er gesagt, du weißt doch, dass es in diesem Geschäft den meisten unseres Jahrgangs so geht. Es hat nichts, aber auch gar nichts mit der Qualität deiner Arbeit zu tun! Es sind die wirtschaftlichen und gesellschaftlichen Bedingungen. Es ist ein Politikum! Natürlich habe ich mir das selbst auch gesagt, aber das reichte offenbar nicht, mein zerbröselndes Selbstbewusstsein zu kitten. Wenn Günther noch gelebt hätte, wäre er inzwischen pensioniert, vermutlich hätte ich in diesem Fall meine Rente freudig beantragt, sobald es möglich gewesen wäre: Jetzt können wir uns endlich mit all den Dingen beschäftigen, für die wir früher nie genug Zeit hatten! Wir wären noch mal gereist – so, wie man nur mit ihm reisen konnte, abenteuerlich, spontan, drauflos. Bestimmt hätte ich dann noch einmal Lust auf fremde Länder bekommen. Wir hätten an Herbstabenden und Winternachmittagen auf dem Sofa gelegen, jeder auf seinem, und Berge von Büchern gelesen, stundenlang schweigend, manchmal leise vor uns hin kichernd, ab und an den anderen unterbrechend, um ihm besonders interessante Passagen zum Besten zu geben. Wir wären jeden Tag spazieren gegangen, viel gewandert, hätten manchmal miteinander, manchmal auch mit anderen das Kino, das Theater, Konzerte besucht. Günther war so viel unternehmungslustiger als ich. Er hätte sich, wie ich ihn kenne, sicher noch mal irgendwo politisch oder ehrenamtlich engagiert. Ich mich dann vielleicht auch. Wir hätten häufig barock gekocht und unsere Freunde zum Essen eingeladen.

Stattdessen klammerte ich mich noch zwei, drei Jahre immer deprimierter an meine immer unerfreulicher werdende journalistische Tätigkeit. Kurz bevor ich in Rente ging, zog ich um, in diese kleine Eigentumswohnung, weil meine Schulden ins Bodenlose wuchsen und ich die mit Günther geteilte Wohnung, die zugegeben viel zu groß war, allein nicht weiterfinanzieren konnte. Schon vorher hatte ich nach und nach die meisten Beziehungen gekappt. Ich zog mich immer mehr zurück. Ich hockte in der Badewanne.

Als ich mich in Bodo verliebte, erschien die Welt um mich noch einmal in neuem Licht. Es war, als könnte ich noch einmal anfangen zu leben. Nachträglich tut es am meisten weh, dass ich mich habe verführen lassen zu hoffen.

Hille hat das nie verstanden. Ihr stellte sich nur die simple Oberfläche dar. Also gut, du hattest einen Liebhaber, sicher sehr nett, so etwas in unserem Alter noch mal zu erleben. Als es nicht mehr ging, hörte es auf. Bedauerlich. Aber doch nicht weltbewegend. Du kanntest ihn doch nur kurz und sahst ihn nur gelegentlich. Eure Leben berührten sich nur flüchtig, es war noch nichts Gemeinsames aufgebaut. Also ist dir auch nicht großartig was genommen worden. Du hattest dich in deinem neuen Leben eingerichtet, kamst sichtbar mit dem Alleinleben zurecht. Das bleibt doch alles noch: deine guten Erinnerungen, deine hübsche kleine Wohnung, in der du dich wohlfühlst, Anna und die Kinder, deine Freundinnen, deine ansehnliche Rente. Hille versteht es nicht.

Sie kommt besser mit dem Leben zurecht als ich. Ich glaube ihr ohne Weiteres, dass dem auch so wäre, wenn es Jobst nicht mehr gäbe. Manchmal scheint mir, alle kommen besser zurecht als ich. Was würde Hille tun, wenn sie jetzt in meiner Lage wäre? Es stoisch aussitzen, buchstäblich? Es fällt schwer, sich vorzustellen, dass Hille je in eine solche Lage kommen könnte.

Schließlich duscht Hille.

Sie badet nicht.

12

Ich habe das Wasser fast vollständig ablaufen lassen, weil ich meinen aufgeweichten fühllosen Körper nicht mehr ertrage. Doch als es nur noch zwei Handbreit hoch in der Wanne stand, wurde ich so schwer wie ein Haufen Sperrmüll. Völlig bewegungsunfähig und solche Rückenschmerzen, dass es nicht auszuhalten ist. Das Frieren überfällt mich wieder mit schrecklicher Gewalt. So schnell es geht, heißes Wasser nachlaufen lassen. Dass man im Wasser schwebend so gemeine Rückenschmerzen bekommen kann! Es muss daran liegen, dass ich mich weder ganz aufrichten noch ordentlich ausstrecken kann. Ich zittere, klappere schmerzhaft mit den Zähnen. Der weiße Badeschaum, die Variante »beruhigend« und »entspannend«, leuchtet noch im dunklen Badezimmer. So wird aus einem Haufen Sperrmüll wieder Aphrodite, die Schaumgeborene. Welch ein Hohn.

In der Zeit mit Bodo fühlte ich mich so lebendig in meinem Körper. Ich mochte mich wieder. Ganz kurz zogen mir, als wir uns zum ersten Mal nackt gegenüberstanden, einige der Ratschläge durch den Sinn, die die Frauenmagazine der alternden Frau erteilen, um ihre körperlichen Defizite zu kaschieren – nur ja die Position »Frau oben« vermeiden – die ist nur bis Mitte dreißig bekömmlich – Vorsicht, Hängebusen! Berauscht spürte ich, wie vollkommen unsinnig dergleichen Warnungen waren, als unsere Körper ohne Scham zueinanderfanden und aufs Schönste ineinanderpassten. Ich hatte viel mehr Verlegenheit und Ängstlichkeit erwartet, auf beiden Seiten. Für mich lag die Zeit körperlicher Vertrautheit mit Günther so lange zurück, und noch viel länger war es her, dass ich mich mit anderen eingelassen hatte. Vielleicht ist es wie mit dem Fahrradfahren – man verlernt es nie, sagte ich lachend, und Bodo erwiderte: Was meinst du, wie glücklich es erst einen macht, der nie ein richtiges Fahrrad hatte!

Derselbe Körper jetzt ein schwerer alter Sack in der Badewanne, dumpf, im dunklen Wasser verborgen, gnädig zugedeckt von Nacht und etwas schal werdendem Badeschaum. Die Wahrheit ist, dass man sich Sex genauso abgewöhnen kann wie Schokolade. Eine Weile ist der Entzug sehr schmerzhaft, doch irgendwann bleibt nur noch eine vage Erinnerung an den wunderbaren Geschmack. Nur war das nach Bodo noch viel schmerzhafter als nach Günther. Nach Günthers Tod halfen mir der Schock und die anschließende jahrelange Versteinerung. Warum musste mir das Leben noch mal mit unsinnigen Versprechungen vor der Nase rumfuchteln?

Das Knistern des Schaums erfüllt die Stille lauter als das ferne Verkehrsrauschen vor dem Haus. Ich hatte nicht geglaubt, dass es so ein Glück noch mal für mich geben könnte. Aber kaum wagte ich daran zu glauben, da zerplatzte auch schon die Blase. Mitternacht vorüber? Nirgendwo mehr Licht. Alle schlafen. Der verhaltene Jubel in seiner E-Mail, nachdem wir zum ersten Mal miteinander im Bett waren: »Draußen November, aber ein Tag, fast wie Frühling, von der Stimmung her, du weißt, warum.« Es tut so weh, daran zu denken.

Aus irgendeinem Grund sehe ich jetzt den Hinterhof zwischen den Rückseiten der Häuser vor mir, ein vernachlässigtes kleines Rasengeviert, vergilbt und vertrocknet. Da ist jetzt keine Menschenseele mehr, nur jede Menge Müllcontainer, Fahrräder und Kinderwagen. Mehr Fahrräder als Kinderwagen, mehr Mülltonnen als Fahrräder. Eine neue Steigerung: Kinderwagen – Fahrrad – Mülltonne. Ich bin so müde.

Nur Gesocks treibe sich da herum, sagt Süßmeyer, Stadtstreicher, kaputte Alkoholiker, manchmal knutschende Jugendliche. Ich habe nie darauf geachtet, von meinem vierten Stock aus. Ihm, im Erdgeschoss, sagt er, verleide es das Sitzen auf seinem kleinen hinteren Balkon. Trotz des Gitters, das er dort habe anbringen lassen, fühle er sich nie ganz sicher.

Am Anfang war mir ganz heiß, wenn ich warmes Wasser nachlaufen ließ, Kreislaufwallungen, ich musste mir sogar mehrfach mit dem Handtuch den Schweiß aus dem Gesicht wischen. Jetzt werde und werde ich nicht richtig warm. Ich kann jetzt auch meinen rechten Fuß nicht mehr fühlen, den beweglichen. Beide kommen sie mir riesig vor, von mir abgetrennt, um ein Vielfaches aufgequollen, Fremdkörper, groteske ungefüge Styroporballen. In Wirklichkeit sind sie im Wasser winzig klein geworden, sie stecken wie verschrumpelte Chinesinnenfüßchen in einer lachhaften Riesenverpackung.

Das Knistern, das Wispern des zerbrechenden Schaums. Zuerst aufgeworfener Eierschnee, Dünen, noch in der Dunkelheit weiß, die leise wabern, zu atmen scheinen, wenn ich den Oberkörper nur ein winziges bisschen bewege. Sie atmen mit mir, als wollten sie mich verhöhnen.

Wir lagen zusammen in der Badewanne. Ich war krank, erkältet, fiebrig und dachte, ein Erkältungsbad vor dem Einschlafen würde mir guttun. Schaumdünen schweben schaukelnd, schaukeln schwebend, abschmelzende Schneegebirge. Bodo stieg zu mir, wir waren beide sehr müde und doch noch erregt, wir schaukelten sanft miteinander im warmen Wasser, halb schlafend, halb wach, erst gemächlich, dann immer nachdrücklicher, bis das Wasser in großen Schwallen über den Wannenrand schwappte, bis zum Höhepunkt. Die Krankheit und das Glück ließen mir alles ganz unwirklich erscheinen.

Hör auf, hör doch endlich damit auf!

Am Ende bildet der Badeschaum schmutzige flache Gebilde, die sich auseinander- und wieder zusammenschieben, mit Fangarmen an den Rändern und kreisrunden Luftblasen in der Mitte. Schwimmende Häkeldeckchen, die im Dunklen zu Fratzen werden, Fratzen, die sich mit meinen Atemzügen verzerren.

Vielleicht sollte ich keinen Badeschaum mehr nehmen, so viel ist bestimmt schrecklich ungesund für die Haut, obwohl er angeblich »rückfettend« wirkt. So viel kann ich in Wochen nicht wieder cremen, wie diese Prozedur mir an Fett entzogen hat. Ich werde bestimmt jede Menge Allergien und scheußliche Pilzkrankheiten bekommen.

Wenn ich wenigstens eine Rotweinflasche auf der Ablage stehen hätte. Wenn ich wenigstens auf den Schwingen von etwas Rotwein versöhnter in den Morgenstunden eintrudeln könnte!

Der See. Meist lag er da in diesem diffusen konturenlosen Grau, Berge am anderen Ufer verhangen.

Manchmal schwebte eine fluoreszierende Nebelwand darüber wie der Vorhang zu einer anderen Welt, die nur eine Sinnestäuschung war. Manchmal starrte er metallisch kalt aus anthrazitfarbener Tiefe, und die Kälte, die aus ihm hochstieg, breitete sich nach und nach auch in mir aus.

Ich muss für Augenblicke eingedöst sein, ich komme frierend und mit pelzigem Mund wieder zu mir. Verdammte Ironie. Da liegt man stundenlang im Wasser, die äußeren Schichten lösen sich zu Brei auf, während gleichzeitig das Innere austrocknet. Jämmerliche Kopfschmerzen. Also werde ich mir jetzt doch die Tabletten vom Kosmetikschränkchen angeln. Zwei Tabletten. Mit lauwarmem Wasser hintergewürgt – eklig.

Ich kann meinen Körper im schwarzen Wasser nicht mehr sehen. Ich fühle ihn auch nicht mehr. Über die Stunden hinweg hat er sich verflüssigt. Ich glaube, ich schaffte es inzwischen auch dann nicht mehr aus eigener Kraft aus der Wanne, wenn das Regal fort wäre. Ich bin nur noch ein Kopf, voll von abstrusen Grübeleien und Erinnerungen, der auf dem lauwarmen Badewasser schwimmt, auf ein paar letzten vom Dunkel kaum mehr unterscheidbaren Schlieren schmutzigen Schaums.

Wenn sie mich morgen hier rausholen, wer auch immer, wird vielleicht schon ein Hebekran dazu nötig sein. Ich kann meine Arme und Beine nicht mehr bewegen, sie treiben unverbunden neben mir. Es ist schwer sich vorzustellen, dass ich je wieder auf meinen Füßen stehen werde, meine Beine je wieder benutzen kann.

Damals waren meine Beine plötzlich gelähmt, nachdem Bodo abgereist war. Die Erkältung hatte sich zu einer veritablen Virusgrippe ausgewachsen, die Quittung für das unvernünftige Treiben im Bett, auf dem Sofa, auf dem Fußboden, trotz Fieber und Schwäche. Ich musste gleich danach eine dienstliche Reise antreten, die ich nicht absagen konnte, schluckte Hände voll Tabletten und kippte dennoch im Zug aus dem Sitz. Da fand ich mich auf dem Fußboden des Mittelgangs wieder, die peinlich berührten Blicke der Mitreisenden auf mich gerichtet. Hat die Alte gebechert, mitten am Tag? Gleichwohl fasste man mich freundlich unter den Schultern und hievte mich zurück in die Bank. Zwei Tage später trat die Lähmung auf. Ich schlich die Straße entlang wie eine Achtzigjährige, meine Schrittchen wurden immer winziger, bis ich merkte, dass ich die zentnerschweren Beine nicht mehr heben konnte. Als sie ganz unter mir wegknickten, befand ich mich zum Glück zu Hause, auf meinem Küchenfußboden. In Panik rief ich Hille an: Ich kann nicht mehr gehen! Meine Zehen sind taub! Hille fuhr mich zum Arzt.

Es ist so dunkel in meinem Kämmerchen. Ich sauge mich mit dem Blick fest am helleren Himmelsrechteck über mir, am kleinen grauen Fensterquadrat vor mir, das auf dem schwarzen Badewasser reflektiert, zu tanzen beginnt, wenn ich heftiger atme. Ich gebe zu, ich fürchte die Dunkelheit. Aber doch nicht diese äußere Dunkelheit. Die ist nur unangenehm wegen der scheinbar stillstehenden Zeit. Eben hörte ich eine Kirchturmuhr schlagen, die ich tagsüber noch nie gehört habe, doch vielleicht bildete ich mir das nur ein. Ich habe zu spät angefangen mitzuzählen. Es kann nicht erst zehn Uhr sein. Allerdings auch nicht nach Mitternacht, sonst wären es weniger Schläge gewesen.

Wahrscheinlich haben sich die Viren in den Synapsen festgesetzt, sagte der Internist. Ihr Immunsystem ist geschwächt. Da hilft nur geduldig abwarten, Schonung, keine größeren Anstrengungen. Ein paar Tage später trippelte ich mit winzigen Schritten zu unserem nächsten Treffen. Um nichts in der Welt mochte ich es ausfallen lassen. Mit dem Taxi zum Bahnhof, auf der Rolltreppe entglitt mir das ohnehin leichte Köfferchen, ein reizender junger Mann sammelte es auf und half mir in den Zug. Es war das erste Mal in meinem Leben, dass mir in den Zug geholfen werden musste, ein Vorgeschmack aufs wirkliche Alter. Am anderen Ende fing mich Bodo in seinen Armen auf.

Auf ihn gestützt, schleifte ich meine Beine über den Bahnhofsvorplatz bis ins Hotel. Im Hotelzimmer saß ich wie eine Haremsdame hinter der Gardine am Fenster, Blick auf den See, und winkte ihm nach, als er nachts ging, und winkte ihm zu, als er am nächsten Morgen wiederkam.

Es war ein altehrwürdiges Hotel, das sprichwörtlich beste Haus am Platz, Bodos Weihnachtsgeschenk, eine geeignete Kulisse für einen der selten glücklich endenden Ehebruchromane des 19. Jahrhunderts. Doch da glaubte ich noch an uns. Zwar schien alles um mich herum in sich zusammenzustürzen, seit Günthers Tod heimatlos, meine Arbeit bot keine Sicherheit mehr, mein Körper versagte seinen Dienst, unsere Liebe aber war mein Halt. So kann man die Realität verkennen, wenn man an etwas glauben will. Ich schaute aus dem Fenster über den menschenleeren Platz zum See, die Möwen flogen in Scharen auf und zogen in breiter Front zum Wasser, als er im Sonntagmorgendämmern vorfuhr, ein einsames Auto zwischen den schwarzen Stämmen der mächtigen alten Bäume. Und offnen Augs wirst du im Licht ertrinken, wenn hinter dir die Möwe stürzt und schreit, dachte ich.

Bodo kannte das Bachmann-Gedicht nicht. Weil es doch unser letztes Treffen vor Weihnachten ist, sagte er, möchte ich dir, nein, uns, ein Wochenende in diesem Hotel schenken! Seine Frau war zu ihrer Schwester gereist, trotzdem verließ er mich in der Nacht, um zu Hause zu schlafen, der siebzehnjährigen Tochter wegen, für die er am nächsten Tag mittags auch kochen wollte. Sodass das Wochenende letztlich aus zwei halben Tagen bestand. Doch sein Geschenk war spontan und machte mich sehr glücklich. Zwei Tage lang bewegte ich mich in ängstlichen Schritten durch das Hotelzimmer zwischen Fenster, Bett und Bad, stützte mich dabei auf den Möbeln ab. Wir picknickten im Bett; Bodo brachte Brot, Wein und Käse, köstliche kleine Salate. Auf dem Rückweg nach Hause fühlte ich mich schon ein bisschen gesunder. Wie hätte ich also nicht an die Macht der Liebe glauben sollen?

Zum Teufel mit dieser Seifenoper! Schluss mit den Geschichten, die im Dunkeln aus dem Badeschaum aufsteigen. Halt dich an der Gegenwart fest!

Badeschaum.

Badewanne.

Badezimmer.

Es gibt einen Alzheimertest, der darin besteht, dass man innerhalb von zwanzig Sekunden so viele Gegenstände wie möglich benennt, die man in einem gewöhnlichen Supermarkt kaufen kann. Das habe ich irgendwo gelesen. Ich habe jetzt zwar keine Uhr zur Hand, ich weiß auch nicht mehr, wie viele Gegenstände man in dieser Zeit mindestens aufzählen muss. Aber es geht auch mit Badezubehör.

Badezuber.

Badeschwamm.

Badesalz.

Badeöl.

Bademeister (Quatsch! Oder? Dann auch:)

Badeanstalt, Badeanzug, Badekostüm, Bikini (gilt nicht, gestrichen), Badehose, Badehaube, Badehandtuch, Badeschwamm (hattest du schon!), Badesandalen, Badeabzeichen (das heißt ja wohl: Schwimmabzeichen?). Komischerweise bin ich nie im See geschwommen, während unserer ganzen Zeit nicht! Schwimmbad, Freibad, Hallenbad, Thermalbad, Strandbad, Badestrand. Nur ganz am Ende einmal mit ihm geschwommen, in einem kleinen Bergsee, als wir eigentlich schon getrennt waren und während der Tagung auf diese geisterhafte Weise Liebespaar spielten. Ein nächtliches Bad, wie Tote, die nachts aus ihren Gräbern klettern und spielen, dass sie noch am Leben sind.

Badekur, Kurschatten (Quatsch), Badearzt, Bader. Kurpfuscher. Rosstäuscher (Quatsch und noch mal Quatsch). Ich friere wieder. Die Bilder in meinem Kopf verwirren sich. Gleich müssen die Tabletten wirken.

Bad: im Allgemeinen jedes Eintauchen eines Körpers in eine Flüssigkeit. Nicht nur des menschlichen Körpers. Ist das hier noch ein menschlicher Körper? Es gibt ja auch das Bad des Bestecks im Silberputzmittel und diverse andere Bäder in der Chemie. Außerdem Baden in Eselsmilch. (Hatte ich noch nie. Nur mal mit echtem Rosmarin, in Büscheln – ich konnte danach die ganze Nacht nicht schlafen.)

Vollbad, Sitzbad, Halbbad, Fußbad, Kneippkurbad, Duschbad, Brausebad, Sonnenbad, Luftbad, Heilbad, Badekur. Wiederholung! (Bei wie vielen Wiederholungen muss ich mich disqualifizieren?) Kalte und heiße Bäder. Moorbad, Schwefelbad, Solebad. Goethe in Marienbad.

Das mittelalterliche Bad, das Baden als religiöse Zeremonie (im Ganges). Das Taufbad. Das rituelle Bad. Vielleicht ist das hier auch ein magisches Bad. Für was? Gegen was? Das Bad am Samstagabend. Frühstücken in der Badewanne am Sonntagmorgen, warum fällt mir das erst jetzt ein, mit Günther, nicht mit Bodo. Ich will an Günther denken!

Bodo mit dem Bade ausschütten. Zu heiß gebadet worden sein. Dem Raben hilft kein Bad. Wer krätzig ins Bad geht, kommt räudig wieder raus (armer Marat!). Wenn die Sau gebadet ist, legt sie sich wieder in den Dreck. Wer im Sumpf badet, kommt nicht sauber heraus. Wenn zwei sich baden, freut sich der Dritte. Wer zuletzt badet, badet am besten. Am

Anfang war das Bad. Wer morgens badet, den frisst abends die Katz. Wenn der Esel übermütig wird, geht er ins Bad.

Immer weiter Schäfchen zählen.

13

Als ich aufwache, hängt mein Kopf schief auf der rechten Schulter, und einen Augenblick habe ich das Gefühl, Günther säße mir gegenüber. Ich muss von Günther geträumt haben. Das gibt mir ein gutes Gefühl, einige Augenblicke lang, durch das übermächtige Frieren hindurch.

Habe ich länger geschlafen? Das Wasser ist eisig kalt. Man schnattert erst richtig, wenn man den Duschkopf mit dem heißen Wasser direkt auf den Bauch richtet. Doch mein Kopf ist klar. Die Tabletten, natürlich. Es wäre herrlich, wenn ich jetzt schlafend zwei, drei weitere Stunden hinter mich gebracht hätte. Oder war es nur eine? Unmöglich, die Uhrzeit zu schätzen. Doch bald musst du es geschafft haben. Der Morgen kann nicht mehr weit sein und mit ihm Frau Bisam.

Auf einmal habe ich die Vision, dass ich tot in der Wanne liege, als Frau Bisam die Badezimmertür öffnet. Ich stehe mit Frau Bisam in der Tür, halte die Klinke umklammert und sehe mich selber aufgequollen halb im und halb auf dem Wasser treiben.

Ich wollte es mal. Aber es ist schon eine Weile her, dass ich öfter daran dachte. Nicht nach Günther, sondern nach Bodo. Nach Günthers Tod bin ich nur mechanisch immer so weitergegangen. Als ob ich hier noch was für ihn zu erledigen hätte. Es wäre so leicht gewesen, ich habe mir alles genau ausgedacht. Tabletten und Pulsadern aufschneiden, es heißt, dass es nicht sehr wehtut, im warmen Wasser, wenn man vorher Schmerzmittel genommen hat. Ich würde einen Brief an Heinz schreiben und so in den Kasten werfen, dass ich mindestens zwei Tage Vorsprung hätte. Heinz sollte sich dann den Schlüssel bei Hille oder Frau Bisam holen und mit der Polizei in die Wohnung gehen. Ich dachte, dass es Heinz am wenigsten ausmachen würde, weil ihm als Arzt dergleichen schon öfter begegnet ist. Allerdings gefiel mir der Gedanke nicht, dass er mich nackt sehen würde.

Doch nachdem er neulich beim Abendessen die Geschichte vom Suizidversuch einer Patientin erzählt hat, weiß ich nicht, ob ich heute noch wollen würde, dass er mich tot in der Badewanne fände, egal ob nackt oder angezogen. Die junge Frau hatte einen Abschiedsbrief an ihren Freund geschrieben, dann ihre Wohnung aufgeräumt und geputzt. Schließlich hatte sie sich umgezogen, ein langes weißes Kleid, das sie zuvor nur einmal getragen hatte, auf dem Fest, bei dem ihr Freund mit der anderen Frau anbändelte, deretwegen er sie dann verlassen hatte. Sie hatte sich sorgfältig geschminkt, frisiert, ein paar Tabletten genommen, weil sie sich vor möglichen Schmerzen fürchtete. Von der Menge her hätten die aber nicht ausgereicht, sich damit umzubringen. Dann hatte sie heißes Wasser in die Wanne einlaufen lassen und war vollständig bekleidet eingestiegen. Sie hatte sich auf dem Rücken ausgestreckt und den vorher bereitgelegten Fön eingeschaltet und am Kabel zu sich ins Wasser gezogen. Doch dann geschah nichts, außer dass der Föhn einen Kurzschluss bekam und anschließend nicht mehr zu gebrauchen war. Er war automatisch gegen Wasser gesichert. Die junge Frau, meinte Heinz, habe sich seltsam betrogen gefühlt, wie sie da in der Wanne lag, mit über der Brust gefalteten Händen, nachdem sie doch alles so schön vorbereitet hatte. Nun konnte sie es immerhin ihm, ihrem Arzt, erzählen.

Heinz hat ein bisschen was von einem Zyniker. Wenn ich es irgendwann mal tun sollte, würde ich den Anblick vielleicht doch lieber Hille zumuten.

Ein weißes Kleid. Ein Selbstmordversuch in der Badewanne, auch einer von der theatralischen Art, mehr Appell als Ernst. Doch das weiße Kleid trug damals ich, während Tina, die in der Badewanne lag, mit den üblichen Jeans bekleidet war sowie einem weiten bestickten indischen Hemd. Natürlich kein BH darunter, so was trug damals keine von uns, ich sehe noch vor mir, wie das weiße Hemd mit den bunten Stickereien an ihren Brüsten klebte, als wir sie aus dem Wasser zerrten. Es war vermutlich nicht mal eine Stunde vergangen, seit sie die Schlaftabletten genommen hatte, sie war nicht bewusstlos, sondern nur benommen, murmelte sinnloses Zeug und hing wie ein nasser Sack in unseren Armen. Ich gehörte nicht zu ihren engeren Freundinnen. Ein paar von denen haben sie dann nach Hause gebracht, und irgendwer wird wohl auch den Rest der Nacht bei ihr geblieben sein, aber daran erinnere ich mich nicht mehr. Niemand nahm das damals sehr ernst, Theater, nichts als Theater, dachten die meisten, wir kannten Tina, es war nicht das erste Mal, und es waren nicht allzu viele Tabletten. Der Vorfall hatte auf dem Fest nur eine kurze Aufregung gegen Mitternacht verursacht.

Das war vor mehr als dreißig Jahren, beim Mittsommernachtsfest meiner damaligen Wohngemeinschaft am Brahmsplatz, kurz bevor ich mit Günther zusammenzog, der schon mein Freund war. Es war das Fest, auf dem sich Annegret von Hartwig trennte, weil sie sich in Tim verliebte, der den längsten Teil der Nacht auf der Terrasse Gitarre spielte. Am frühen Abend tigerte Hartwig unentwegt auf und ab in den beiden Räumen, die an die Terrasse grenzten, mit zerwühlten Haaren und abwesendem Blick, während Annegret dort draußen im Schneidersitz auf dem Boden neben Tim hockte, den Kopf an seinen Stuhl gelehnt, und hingerissen lauschte. Manchmal sang sie leise seine Melodien mit.

Irgendwann versammelten sich die Mitglieder der Frauengruppe in Renas Zimmer, um noch kurz die letzten Details der Rathausbesetzung zu besprechen, die für den kommenden Montag geplant war. Dazu musste sich auch Annegret von Tim losreißen, und wenig später sah ich sie und Hartwig in Hartwigs Zimmer auf dem Boden sitzen und ein Beziehungsgespräch führen, das hin und wieder in Geschrei ausartete, sodass die schmusenden Pärchen um sie herum nach und nach das Weite suchten. Ich war in dieser Nacht so müde, ich weiß nicht, warum, jedenfalls brauchte ich noch vor Mitternacht ein Rückzugsplätzchen. Die Rathausbesetzung war übrigens eine gelungene Aktion: Erst saßen wir alle, schick als Karrierefrauen zurechtgemacht, auf der Zuschauertribüne und nahmen dann, kurz vor Sitzungsbeginn, als die Abgeordneten in den Saal strömten, blitzschnell vor ihnen dort Platz. »Jeder zweite Sitz gehört einer Frau!« stand auf dem Transparent, das zwei von uns gleichzeitig auf der Tribüne entfalteten.

Warum war ich bloß so schrecklich müde auf

dem Fest? Ich weiß noch, dass es eine Sommernacht wie Samt war, wunderbar lau, weich und sanft, und der Duft des falschen Jasmins von den Anlagen am Brahmsplatz drang betörend durch die Fenster herein. Anders als jetzt, wo es von draußen scheußlich kalt hereinzieht. In allen Zimmern des zweistöckigen Hauses, auch in meinem, standen die Fenster weit offen, flackerten Kerzen in Windlichtern, saßen Menschen, redeten, knutschten, rauchten, tranken. Gekifft wurde bei uns nur wenig. Die Badewanne als Schlafplätzchen kam mir bei dieser Gelegenheit nicht in den Sinn, wer weiß, auf was Tina dann verfallen wäre. Stattdessen verkroch ich mich, hundemüde wie ich war, unter den großen Tisch im Gemeinschaftsraum, auf dem wir das Büfett aufgebaut hatten. Es war wüst zugerichtet, nur noch unappetitliche Reste zwischen schmutzigem Geschirr und zerknüllten Servietten. Eine unserer Katzen, die sich unbeobachtet fühlte, hockte dazwischen und schleckte von dem Tiramisu, das nach allen Seiten über den Tellerrand floss. Ich schlief auf dem Fußboden unter dem Tisch sogleich ein, verborgen hinter der an allen Seiten weit herunterhängenden Tischdecke, gewiegt vom Festlärm.

Ich wurde von dem Geschrei geweckt, das entstand, als jemand Tina in der Badewanne gefunden hatte. Ich habe dich gesucht, wo warst du die ganze

Zeit, sagte Günther, der sich auch an dem Rettungsmanöver beteiligte. Das konnte nicht ganz stimmen, weil er, wie mir später Hille erzählte, mit der ich gegen Morgen lange auf der Treppe zum ersten Stock saß und über Nebenbeziehungen diskutierte, die ganze Zeit mit Waltraud getanzt und geknutscht hatte. Es war Schwerarbeit, die schlaffe Tina aus der Wanne zu ziehen, obwohl sie nur eine halbe Portion war, wahrscheinlich magersüchtig. Sie hatte so wenig Wasser einlaufen lassen, dass sie kaum darin hätte ertrinken können.

Als Günther und ich gegen Morgen das Fest verließen, waren die meisten schon gegangen; manche schliefen auch in Sofas und Sesseln, auf dem Boden. Hartwig saß am Küchentisch, die Ellbogen aufgestützt, und weinte. Kopf hoch!, sagten wir, als wir aufbrachen, ich berührte kurz seinen Arm, was sollte man sonst tun.

Günthers Wohnung lag am Rande der Stadt, hinter dem Mietshaus dehnten sich Erdbeerfelder. Bevor wir uns zu Bett legten, kurz vor Sonnenaufgang, machten wir dort noch einen kleinen Spaziergang, vor Müdigkeit wie betrunken und aufgekratzt zugleich. Ich weiß noch, dass ich dieses knöchellange weiße Kleid trug, in der Taille eng anliegend, mit einem weiten schwingenden Rock, in dem ich mich sehr mädchenhaft, nach dieser Nacht aber auch seltsam traurig fühlte.

Eine Zeit lang gingen wir Hand in Hand im silbrigen Morgenlicht, wir redeten leise und müde noch ein bisschen hin und her über die Menschen auf dem Fest. Dazwischen bückten wir uns, um Erdbeeren zu pflücken. Wir aßen so lange, bis uns schlecht wurde. Eine kleine Brise kam auf und durchdrang allmählich das Schwüle und Schwere dieses unwirklichen Frühsommermorgens.

Zum Teufel mit diesem ekligen kalten Luftzug, der durch mein Badezimmer streift! Hätte ich bloß dieses blöde Dachfenster nicht offen gelassen! Der Metallstab, mit dem man es anhebt, um es anschließend zufallen zu lassen, steht zwar in meiner Reichweite gegen die Wand gelehnt, aber ich kann mich nicht hoch genug aufrichten, um mit seiner Spitze den Haken am Fensterrahmen zu erreichen.

Was meinst du, sollten wir nicht demnächst mal zusammenziehen?, fragte Günther leichthin.

Ich hörte, dass du die halbe Nacht mit Waltraud rumgemacht hast, fragte ich ebenso leicht zurück.

Was hat das damit zu tun? Ich merke, dass mir das Alleinwohnen nicht sonderlich bekommt, sagte er, und ein Zusammenleben kann ich mir nur mit dir vorstellen. Als die Sonne sich über den Horizont schob, lagen wir schlafend nebeneinander auf seinem Bett.

Es schien alles so frei und unkompliziert damals.

Warum schmerzt es nur so, sich daran zu erinnern? Natürlich haben wir uns auch in die Tasche gelogen, keine Frage. Das letzte Hemd hat keine Taschen.

14

Grundsätzlich waren Nebenbeziehungen in Ordnung. Damals hatte schließlich jeder eine – na, sagen wir: fast jeder, der auf sich hielt, hatte gelegentlich eine. Denn innerhalb der eigentlichen, der Hauptbeziehung, waren »Besitzansprüche« verpönt. Dein Freund bzw. deine Freundin gehört nicht dir, es gibt keine Eigentumsrechte am Geschlechtsverkehr. Es ist nun mal so, dass in einer Liebesbeziehung einer dem anderen nicht alle Bedürfnisse erfüllen kann. Wir wussten, dass lebenslange Monogamie unmöglich ist, dass sie nur mit Lüge und Selbstbetrug durchgehalten werden kann oder im Zeitverlauf eine bedauerliche Verkümmerung beider Partner unweigerlich mit sich bringt. Also musste man Seitensprünge tolerieren (wir fanden schon das Wort »Seitensprung« albern), solange man offen damit umging und die Prioritäten – was ist die Haupt- und was die Nebenbeziehung? – klar blieben. Nur Spießer verheimlichten ihre Eskapaden und sprachen vom »Fremdgehen«.

Das war die altmodische Doppelmoral und verächtlich. Unsereiner war stolz auf seine Ehrlichkeit und informierte den Freund oder die Freundin darüber, mit wem sonst man das Bett geteilt hatte, vielleicht nur einmalig, oder es gelegentlich noch teilte oder – am besten schon vorher angekündigt – demnächst zu teilen beabsichtigte.

Das war die neue Moral. Natürlich wünschten auch wir uns Dauer, zumindest solange das Zusammenleben gut war, die alte Sehnsucht nach Geborgenheit war nicht tot, aber wir gaben uns abgeklärt, denn wir wussten: Gefühle kann man für die Zukunft nicht versprechen. Man kann sich versprechen, nicht auseinanderzugehen, das kann man sogar halten – aber wem wäre mit dem bloßen Nebeneinander gedient, wenn der andere einen vielleicht, eines Tages, gar nicht mehr liebte oder umgekehrt? Liebe lässt sich nicht für die Zukunft versprechen und nicht erzwingen. Man kann nicht heute beschließen, sich in dreißig Jahren noch zu lieben. Man darf vielleicht darauf hoffen, aber zwischendurch geht das Begehren manchmal seine eigenen Wege. Also ist die Ehe alten Zuschnitts eine Farce, und es bleibt uns nur die Wahl zwischen Selbstbetrug oder dem Akzeptieren einer immerwährenden Unsicherheit. Und warum sollte man sich etwas so Angenehmes wie eine sexuelle Begegnung mit einer dritten Person verkneifen, wenn die es auch will? Eine gute (Haupt-)Beziehung muss das aushalten. Sollte sie daran zerbrechen, ist sie ohnehin in kürzester Zeit zum Scheitern verurteilt.

So dachten wir. Günther und ich wie die meisten um uns herum.

Und doch warf ich ihm einmal, als er von einer mehrtägigen Dienstreise aus Wien zurückkam, das Fonduefleisch um die Ohren, das ich zur Feier unseres Wiedersehens vorbereitet hatte. In Wien lebte Olga, mit der er vor unserer gemeinsamen Zeit ein kurzes Verhältnis gehabt hatte. Dass er sie während seines Aufenthaltes dort treffen wollte, hatte er vorher angekündigt.

Hast du mit ihr geschlafen?, fragte ich ihn direkt, im Auto auf dem Weg vom Flughafen nach Hause (den Stier bei den Hörnern packen, eigentlich hat es ja keine Bedeutung, aber man weiß doch gern, woran man ist).

Ja, gab er sofort zu, ohne Bedenken (die moderne, aufgeklärte Gefährtin wird keine Zicken machen).

Tatsächlich hakte ich nicht weiter nach, sondern erkundigte mich stattdessen höflich nach diesem und jenem: Wie haben sie deinen Vortrag aufgenommen? Hat der Kongress sich gelohnt? Warst du mit dem Hotel zufrieden? (Spürte dabei aber, wie der Grad meiner Freude über seine Rückkehr stetig absank.)

Ich habe gar nicht im Hotel gewohnt, sondern bei

Olga, erklärte er tapfer (Ehrlichkeit ist oberstes Gebot).

Bei ihr gewohnt? Alle fünf Tage? Davon hattest du vorher nichts gesagt!

Ja, also das war so ... Er holte zu einer längeren Erklärung aus, die andauerte, während ich das Auto in der Garage einparkte, während wir die Treppen zu unserer Wohnung hochstiegen, unterbrochen von anerkennenden Bemerkungen, als er den festlich gedeckten Tisch im Wohnzimmer sah, das Fleischfondue und die diversen Schälchen mit den selbst gemachten Soßen. Die Erklärung dauerte immer noch an, nachdem wir uns niedergelassen und die Spiritusflamme unter dem Öltopf entzündet hatten. Also, es war so, dass er eigentlich im Kongresshotel hatte übernachten wollen, wo er ja auch schon gebucht hatte, doch dann hatte Olga ihn in Wien am Flughafen abgeholt und zum Abendessen eingeladen, zu sich nach Hause. Das konnte er doch nicht gut ablehnen, wo sie sich solche Mühe mit dem Kochen gegeben hatte. Und dann hatten sie schön gegessen und getrunken, und dabei hatte er gemerkt, dass sie sich darauf spitzte, mit ihm zu schlafen, und das konnte er doch ebenfalls nicht gut ablehnen, denn das wäre doch kränkend für sie gewesen. Und dann hatte er eben mit ihr geschlafen, und weil sie schon das Gästezimmer für ihn vorbereitet hatte, hatte er gedacht, da sei es doch albern, jetzt noch ins Hotel zu gehen, zumal sein Aufenthalt in Wien auf diese Weise auch erfreulich viel billiger werden würde. Und dann hatte er sich im Hotel ganz abgemeldet.

Und dann – und dann. Eins hatte eben ganz zwangsläufig zum anderen geführt!

Aber, sagte er, zum Schluss doch ein wenig verlegen, jetzt freue ich mich, wieder bei dir zu sein. Unsere Fonduegabeln steckten mit den ersten aufgespießten Fleischstücken im siedenden Öl, ich hörte ihm schweigend zu und stocherte dabei im Salat. Er hatte völlig recht: Olga war Vergangenheit in Wien, wohin er nur alle Jubeljahre reiste; seine Gegenwart und sein Zuhause war ich. Ich hatte allen Grund, es sportlich zu nehmen, ich war schließlich eine selbstbewusste neue Frau, die alle diese Freiheiten umgekehrt auch für sich in Anspruch nahm. Und trotzdem flammte plötzlich eine zügellose Wut in mir hoch; ich packte mit beiden Händen in die Schüssel mit den rohen Fleischstücken und klatschte sie ihm mitten ins Gesicht, ich sprang auf, schüttete das Rotweinglas gleich hinterher in seine verdatterte Miene, über das gute blaue Hemd, das er so liebte, über das Tischtuch und den Teppich, und rannte heulend in mein Zimmer, wo ich mich einschloss.

Wir versöhnten uns noch am selben Abend wieder. Er war zutiefst beunruhigt. Ich nahm mir meinen Ausbruch selber übel. Konnte dann aber ihm und auch mir überzeugend klarmachen, es sei nicht etwa die Tatsache, dass er mit Olga geschlafen habe, sondern nur die Art seiner Darstellung gewesen, die mich so wütend gemacht hätte. Er habe sich als passives Opfer der Umstände hingestellt, so als habe er nur auf ihre Erwartungen reagiert. In Wirklichkeit hatte er es aber doch von vornherein darauf angelegt, und es sei ein Verstoß gegen das Gesetz der Ehrlichkeit, das nachträglich zu verschleiern.

Ich weiß gar nicht, was du hast, sagte Günther, ich hätte doch viel mehr Grund, eifersüchtig zu sein als du.

In der Tat hatte ich in unseren wilden Jahren zwei oder drei (je nachdem, wie man rechnet) Liebhaber neben Günther, und ich war wirklich sehr verliebt in diese Männer, mehr jedenfalls als Günther in seine diversen Freundinnen. Bei Günther waren es nacheinander: Waltraud, Gudrun (nein, falsch: Gudrun war noch vor Waltraud; sie anzurechnen wäre nicht fair, es war eigentlich vor unserer Zeit und überlappte die nur etwas), Birgit, Olga (Olga lebte immer mal wieder auf), Helga, Doris (nein: für Doris schwärmte er nur, sie haben, glaube ich, nie wirklich miteinander geschlafen, komischerweise war ich gerade auf Doris besonders eifersüchtig), Irene, Marlene … Ich weiß gar nicht, ob ich sie noch alle zusammenbekomme.

Zehn dürften es schon gewesen sein in unseren ersten zehn Jahren, zumeist allerdings nur kurze Techtelmechtel.

Damals war die Beweislast umgekehrt. Warum musstest du nun unbedingt auch noch mit Helga ins Bett gehen?, fragte ich Günther. Und er antwortete: Warum sollte ich nicht? Was nimmt es dir weg?

Zugelassene Einwände hätten lauten können: Weil sie labil ist und darunter leiden wird, dass es bei dir nur eine Augenblickslaune war. Da ist Ärger für uns alle vorprogrammiert. Oder: Weil sie eine blöde Kuh ist und du mich damit entwertest – ich muss mich doch fragen: Was fehlt dir bei mir, das du dir ausgerechnet bei der holen musst? Oder gegebenenfalls auch: Weil sie meine beste Freundin ist oder die Frau oder Freundin deines guten Freundes – das wurde auch damals als Hinderungsgrund angesehen. Im Allgemeinen galt eine Art erweitertes Inzesttabu.

Man hätte dem eigenen Partner auch noch gravierende Unsensibilität bei der Wahl des Zeitpunktes vorwerfen können: Nicht über den Seitensprung als solchen war man dann erbost, sondern darüber, dass der andere einem den ausgerechnet jetzt zumutete. Wo er doch wissen musste, dass man selber im Augenblick gerade eine Krise durchmachte und deswegen dringend ein bisschen äußere Ruhe, innere Stabilität und etwas Einfühlung von ihm brauchte. Komischerweise war, was Günthers Nebenbeziehungen betraf, von mir aus gesehen meistens der falsche Zeitpunkt – Günther umgekehrt warf mir das nie vor. Selbst damals nicht, als ich bei der New-Age-Tagung »Die neue Sehnsucht nach Komplexitätsreduktion« mit Konrad ein Doppelzimmer im Hotel nahm, während er allein in der befreundeten Wohngemeinschaft nächtigte.

Seine Nebenfreundinnen lebten überwiegend in anderen Städten, ich weiß nicht, ob das Zufall war oder Ausdruck einer gewissen Lebensklugheit. So fielen seine Eskapaden in unserem gemeinsamen Alltag kaum auf. Nichtsdestoweniger beklagte ich mich oft, während er meine Exzesse kommentarlos schluckte.

Nachträglich habe ich manchmal gedacht, es war fast ein Wunder, dass unsere Beziehung überlebte. So viele Lebensgemeinschaften gingen damals in die Brüche, nicht nur die von Annegret und Hartwig aus meiner alten Wohngemeinschaft und die von Heinz, der damals noch mit Gerda zusammen war. »Sex ist die Fortsetzung des Gesprächs mit anderen Mitteln«, war einer von Heinz' Sprüchen. Heute kann er nicht mal mehr drüber lachen, wenn ich ihn darauf anspreche. Die meisten von uns trampelten ziemlich gedankenlos in ihrem persönlichen Porzellanladen herum. Hille übrigens nicht. Hille schien resistent gegen den Zeitgeist, sie pflegte eine altmodische Beziehungsmoral und schlief mit niemandem außer Jobst, und wohl auch das nicht allzu häufig. Lange Zeit tat sie mir deswegen eher leid. Und auch heutzutage beneide ich sie nicht um ihren Jobst. Günther ist es, der mir fehlt.

15

Ich will an Günther denken. Vielleicht hilft es gegen das innere Frieren. Nur an die guten Zeiten mit Günther. Jetzt erscheint es mir manchmal selber sonderbar, dass ich im ersten Jahrzehnt unseres Zusammenlebens andere Liebhaber neben ihm hatte. Nun gut, es war der Zeitgeist – Das Dreieck ist die Hohe Schule der menschlichen Beziehungen!, sagte Konrad gern, und ich fand das tiefsinnig. Aber doch sonderbar, bei Licht betrachtet – dumme Redensart, wo der derzeitige Standpunkt meiner Betrachtung dunkler und nasser kaum sein könnte –, will sagen: Von heute aus gesehen verwundert es mich doch. Denn während all der Zeit wusste ich immer, dass ich Günther liebte und mit ihm zusammenbleiben wollte.

Auf einmal sehe ich Konrad und mich wieder auf dem Dach seines Autos, er vor mir, seine Beine mit den nackten Füßen – die Socken sollten nicht nass werden – baumelten über der Windschutzscheibe, ich bäuchlings hinter ihm. Konrad fuhr einen silberfarbenen Jaguar, und wahrscheinlich mischte sich deswegen eine gewisse Häme in die Kommentare, die uns die Umstehenden zuwarfen.

Schieben!, riefen einige und reckten die Hälse. Sie müssen da runter und schieben!

Da stand doch dick und fett das Schild: Durchfahrt verboten!, krähte eine Frau.

Meine Liaison mit Konrad dauerte gut fünf Jahre, am intensivsten war sie, während er sich aus seiner zweiten Ehe löste. Wie ich hörte, soll auch die dritte kein sonderlicher Erfolg gewesen sein. Vielleicht hätte ich überhaupt mit ihm immer so weitermachen können. Es war eine geheimnisvolle, immer wieder aufflackernde, verrückte Verliebtheit, aber damals hütete man sich, von Gefühlen zu reden. So viel Spaß miteinander, bei so viel Freiheit!, das war das höchste Kompliment, das wir einander zollten. Günther akzeptierte es, nur höchst selten zeigte er Reaktionen, die ganz entfernt auf Verletztheit hätten schließen lassen können. So hätte es vermutlich keinen Grund gegeben, auf Konrad zu verzichten, wenn nicht plötzlich in mir der Wunsch nach einem Kind übermächtig geworden wäre. Einem Kind von Günther, sozusagen im letzten Augenblick, ich war schon Ende dreißig.

Mit Konrad konnte man noch alberne Dinge anstellen, als Günther schon seriös geworden war. Vielleicht mochte ich seine Verrücktheit, weil ich spürte, dass sie einer inneren Verlorenheit entsprang, vielleicht waren wir einander ähnlicher, als ich mir eingestehen wollte. Als sich die politische Korrektheit wie ein Schleier von Missmut und Langeweile über alles legte, waren Konrads Ketzereien erfrischend. Er sah vieles schon mit spöttisch-kritischem Blick, als wir noch mittendrin steckten. Ihr macht euch ganz schön was vor, sagte er gern, obwohl er nur unwesentlich älter war als wir. Es gab »wir« und »die Anderen«, das waren die Normalos, die Spießer; Konrad jedoch zählte weder zu uns noch zu den Anderen. Ich merkte erst später, dass das nicht unbedingt ein Verdienst war. Er hielt sich immer und überall am Rande, und was ich für intellektuelle Überlegenheit und gesellschaftlichen Weitblick hielt, war nur eine Unfähigkeit, sich überhaupt für Ideen zu begeistern und auf Menschen einzulassen. Mit Konrad zusammen zu sein war ebenso anregend wie anstrengend. In wichtigen Dingen hatten wir so gut wie nie die gleiche Meinung.

Wie kannst du nur für eine Firma arbeiten, die nachweislich in Waffenexporte verwickelt ist? Wenn du nur einen Funken Zivilcourage hättest, würdest du kündigen!

Warum nicht gleich diesem Hindu-Orden beitreten, der das Töten auch der winzigsten Lebewesen verbietet?, spottete Konrad. So würde ich dir sicher gefallen! Die Mönche gehen nackt, »im Luftkleid«, heißt das, und schwingen ständig Palmwedel, um nicht versehentlich eine Mücke zu schlucken, und vor jedem Schritt stochern sie mit einem Stock im Gras, um Kleintiere beiseitezuscheuchen, damit die nicht durch einen versehentlichen Fußtritt getötet werden.

Das ist keine Frage des Alles oder Nichts, sondern eine des Mehr oder Weniger, erklärte ich würdevoll.

Er war ein hoffnungsloser Fall. Mit Günther hätte man darüber eine ernsthafte Debatte führen können. Im Übrigen war Konrad auch ein fantastischer Liebhaber, ich erinnere mich seufzend, mit Vergnügen daran, obwohl es schon so schrecklich lange her ist. Er war Physiker und behauptete, seine besten Ideen kämen ihm in der Badewanne. Weil man da kreuz und quer und in Sprüngen denke und nicht in vorgestanzten Bahnen.

Wir hockten auf dem Autodach, inmitten einer großen schlammigem Wasserpfütze, die dem edlen Jaguar bis zum Hals reichte, will sagen, bis zur Unterkante der Seitenfenster, ein bisschen Schmutzwasser plätscherte noch über die Kühlerhaube. Ich hatte mich auf dem Innenfutter von Konrads Lammfellmantel zusammengerollt, mich fror, es war ein Spätnachmittag im Februar, und über uns hing eine kalte Mondsichel auf dem Rücken. Vermutlich hätten wir noch mehr Schadenfreude zu spüren gekriegt, wenn die Gaffer auf beiden Seiten der Pfütze gewusst hätten, dass wir auf dem Weg zum Burghotel über dem Rhein waren, um mit Festessen und Liebesnacht Konrads zweite Scheidung zu feiern.

Die Rheinuferstaße war streckenweise wegen Hochwasser gesperrt gewesen, und auch der Mann, den wir kurz zuvor nach dem Weg zum Burghotel gefragt hatten, erwähnte, dass noch Reste des Hochwassers in einigen Unterführungen unter der Bahnlinie ständen. Sie müssen die vierte links nehmen – das ist zwar ein kleiner Umweg, aber die ist frei. Die vierte links, sagte er, das ist so ein kleines Tunnell, sächlich, Betonung auf der zweiten Silbe. Es steht noch ein bisschen Wasser drin, aber da kommen Sie problemlos durch.

Vielleicht hatten wir nicht richtig zugehört und schon das zweite oder dritte »Tunnell« genommen, taub, blind und ungeduldig in der Vorfreude, vielleicht waren die Angaben des Mannes auch unklar gewesen. Ich hatte Konrad einige Wochen nicht gesehen, es war ihm schlecht gegangen, dann pflegte er vollständig abzutauchen und sich gegen jedermann abzuschirmen. Doch jetzt, hatte er am Telefon verkündet, sei er wieder zurück in der Welt, raus aus der Hölle, und das müsse gefeiert werden. Günther war für zwei Tage zu einem Treffen alleinerziehender Väter gefahren. Dabei war er gar nicht alleinerziehend. Er sah sich nur gern so, seit wir mit seiner Tochter

Anna, seiner Exfrau Vera und deren Lebensgefährten ein gemeinsames Haus bewohnten.

Da war jedenfalls eine Unterführung links unter den Bahngleisen, da war auch ein Hinweisschild »Burghotel«, da stand in der Tat noch eine dunkle Pfütze drin, und Hier!, rief Konrad aufgedreht, und Schwung!, rief er übermütig und lenkte nach links und mit Vollgas in den Pfuhl, der sich als ein tiefes, stilles und bösartiges Wasser erwies. Kaum hatte er Schwung! gerufen, da drehten die Räder im Leeren, der Motor gurgelte, seufzte und versoff. Mist!, sagte Konrad. Vor uns schwarzes Wasser, hinter uns und zu beiden Seiten schwarzes Wasser, obwohl das trockene Ende der Straße nur ein paar Meter vor uns anstieg. Scheiße!, sagte Konrad mit Inbrunst und drehte noch ein paarmal am Zündschlüssel, was er besser hätte bleiben lassen sollen, wie wir später erfuhren, weil genau das dem Motor den Rest gab. Das Auto befand sich in diesem Augenblick an der tiefsten Stelle der Unterführung, da wo das Wasser am höchsten stand. Dass es schwamm und wir mit ihm, wurde uns erst klar, als wir sanken.

Wir hatten uns noch gar nicht richtig sortiert, weder äußerlich noch innerlich, da drang das Wasser schon unter den Türen ein. Ich glaube, wir müssen hier raus, sagte ich ungläubig und betrachtete die Lache, die sich lautlos und schnell um meine eigens für dieses Date neu erworbenen roten Cowboystiefel bildete. Ich zog die gestiefelten Beine auf den Sitz hoch und sah mich in meinen schicken Ausgehklamotten bis zur Taille im Brackwasser stehen und das Auto schieben. Konrad hing schon rittlings im Fenster, ein Bein drinnen, ein Bein draußen, und hangelte sich auf die Kühlerhaube.

Gib mir die Sachen her, sagte er. Ich fummelte eine Weile in der kalten Pfütze, bis es mir gelang, den Beifahrersitz mit dem schwarzen Lederbezug nach hinten zu kippen und mich im Liegen erst einmal aus meinem langen schwarzen Mantel zu winden, der Beweglichkeit halber. Das Wasser stieg und stieg. Als ich ihm, gebückt auf dem Vordersitz stehend, all unser mitgeführtes Hab und Gut durchs Fenster zugesteckt hatte, waren meine Füße schon nass. Er reichte mir galant die Hand, und ich kletterte aus meinem Seitenfenster. Und dann saßen wir hintereinander auf dem Autodach. Erfreulicherweise hielt es unser beider Gewicht stand.

Während dieser Aktion hatte sich im Abenddämmern vor uns auf dem Trockenen ein Grüppchen Leute versammelt, die uns hingerissen zuschauten und allerlei Ratschläge erteilten.

Sie müssen ins Wasser! Schieben! Da hilft alles nichts.

Doch wir entschieden uns zu bleiben, wo wir

waren. Wir hatten nur die Kleider, die wir am Leib trugen. Wir würden klatschnass werden, uns möglicherweise gemein erkälten und den schweren Wagen wahrscheinlich doch keinen Zentimeter von der Stelle bekommen. Zumal das Auto bergauf bugsiert werden musste und der Untergrund mit Sicherheit aufgeweicht war.

Zwei Männer hatten ihre Abschleppseile aneinandergeknotet und versuchten, uns ein Seilende zuzuwerfen.

Sie müssen schon kommen und das Ding annehmen, rief jemand anders, Sie können nicht erwarten, dass die sich für Sie nass machen!

Gelächter.

Konrad sagte: Sie könnten uns einen Gefallen tun und die Polizei rufen.

Die Feuerwehr, korrigierte jemand.

Oder die Feuerwehr, sagte Konrad geduldig.

Die freiwillige oder die Berufsfeuerwehr?, schrie ein Spaßvogel.

Ganz egal, sagte Konrad gleichmütig. Ich bewunderte ihn.

Das wird Sie aber eine schöne Stange Geld kosten, kommentierte einer.

Egal, sagte Konrad, wenn Sie also bitte mal telefonieren würden, statt sich auf unsere Kosten lustig zu machen …

Zwei Jünglinge, die eben erst aus einer Ente gestiegen waren, gaben bekannt, dass sie zu einer Telefonzelle fahren würden.

Sie nehmen uns übel, dass wir ihnen nicht das Schauspiel bieten und in die Brühe steigen, flüsterte Konrad mir zu. Und während wir warteten, baumelte er mit den Beinen über der Windschutzscheibe und erklärte versonnen: In einer halben Stunde sitzen wir im Restaurant und studieren die Speisekarte. Ich glaube, ich esse heute zwei Vorspeisen, eine Suppe und eine von diesen kleinen Pastetenschweinereien, für die sie den Stern im Michelin gekriegt haben. Nach was ist dir?

Es war eine vergleichsweise bescheidene Pfütze, in der wir abgesoffen waren, und eine ebenso groteske Situation wie meine jetzt. Doch ich glaube, wir machten damals keine schlechte Figur. Andere hätten um das schöne Auto gejammert und danach ganz bestimmt nicht mehr viel Freude an einem amourösen Abenteuer gehabt. Konrad nahm es nicht nur sportlich, er schien der Komik der Umstände sogar etwas abgewinnen zu können. Allerdings ist es etwas ganz anderes, ob man sich allein oder zu zweit in einer lächerlichen Lage befindet. Wenn jetzt Günther bei mir wäre, würde ich auch witzeln können. Und wir würden uns zu helfen wissen.

Damals fror ich wahrscheinlich wie jetzt, während

wir warteten und den unwirklichen Mond über uns betrachteten. Nein, jetzt friere ich viel stärker. Und die Szene damals war so irreal, dass man die Unannehmlichkeiten kaum spürte, während sich dies hier inzwischen verdammt wirklich anfühlt.

Die Jünglinge mit dem 2CV kehrten zurück und verkündeten: Die Polizei hat gesagt: Wenn Sie da verbotenerweise reinfahren, müssen Sie selber sehen, wie Sie wieder rauskommen. Und die freiwillige Feuerwehr feiert Geburtstag. Vielleicht hatten sie gar nicht telefoniert. Vielleicht dachten sie: Geschieht den feinen Pinkeln ganz recht.

Also, sagte Konrad ungerührt, dann setzen wir jetzt Plan B in Kraft. Wir zogen uns bis auf die Unterwäsche aus und wateten durch das Wasser aufs Trockene; unsere Kleidung trugen wir in die Mäntel gewickelt über dem Kopf.

Er sah gut aus in seiner engen weißen Seidenunterhose, wie er durch das Wasser stakste. Ich brauchte länger, bis ich mich auf dem Autodach aus den Klamotten geschält hatte. Unterhose und BH, das ist schließlich nicht anders als ein Bikini. Die Brühe war eiskalt und reichte mir an der tiefsten Stelle bis zur Taille. Es war inzwischen ziemlich dunkel geworden. Die Leute standen noch und gafften, während wir uns abtrockneten, ich mit meiner Ersatzunterhose, Konrad benutzte sein Unterhemd, und dann wieder anzogen. Wir taten das so selbstverständlich, als ob wir alle Tage mitten auf der Straße die Garderobe wechselten.

Alle Achtung, erklärte ein Mann. Das haben Sie genial gemacht. Alle anderen kommen da pitschepatschenass und verdreckt raus.

Sie hatten aber doch auch so eine ganze Menge Spaß an uns, erwiderte Konrad ohne Schärfe.

Sogleich bot der Mann an, uns zum Burghotel zu fahren, vielleicht weil er sich seiner Schadenfreude schämte. Wir überließen den silberfarbenen Jaguar sich selbst, bis zum Hals im Brackwasser. Danach genossen wir erstaunlicherweise noch einen entspannten Abend, sahen bei Kerzenschein durch die breite Fensterfront des Restaurants unter uns im Rheintal die Lichter schimmern. Der Abschleppdienst zog das triefende Auto auf den Parkplatz des Burghotels, als wir gerade die Hauptspeise beendet hatten, und Konrad verschwand für genau fünf Minuten, um die Einzelheiten zu klären. Nach seiner Rückkehr verlor er nicht mehr als zwei Sätze darüber. Der Motorblock war gerissen, wir würden am nächsten Morgen ein Taxi zurück nehmen und seine Werkstatt das Auto hier abholen müssen.

Anschließend schoben wir das Missgeschick einfach beiseite. Wir aßen und tranken und redeten über alles Mögliche, kreuz und quer und angeregt wie immer,

164

wir nahmen Nachspeise und Espresso, und Konrad, der nichts ausließ, rauchte anschließend eine Zigarre. Ich weiß noch genau, dass wir damals vor und nach dem Essen miteinander geschlafen haben, er schaffte das, allem Ärger zum Trotz.

Jahrzehnte habe ich nicht mehr an dieses Bad gedacht. Sonderbarerweise habe ich Günther nie davon erzählt. Er war damals mit so ganz anderen Dingen beschäftigt. Nach Günthers Tod habe ich Konrad nicht wiedergesehen. Und zwei, drei Jahre später hat er sich das Leben genommen. Er hatte Blasenkrebs. Irgendwie habe ich immer gewusst, dass er das eines Tages tun würde.

16

Du wolltest doch an Günther denken! An die lange
gute Zeit mit Günther nach den Jahren des Durch-
einanders.

Wasser, Wasser, lauwarm und kalt und wieder ganz kurz lauwarm und erneut und meistens
schrecklich kalt. So kalt. Der schwarze See der Nacht
wird dunkler gegen Morgen, wenn man nirgendwo
ein Ufer sieht. Konrad ist eine schillernde Figur aus
einem früheren Leben, als ich eine andere war. Eine
gute Erinnerung, die aber jetzt nicht hilft. Die auch
ein bisschen wehtut, weil er nicht mehr da ist, weil
niemand von denen, die mir wichtig waren, mehr
da ist.

Frieren. Frieren. Frieren.

Schrumpeln. Schrumpeln und schrumpfen.

Schrumpeln und schrumpfen.

Schmerzen. Schmerzen. Schmerzen.

Quatsch, so ein Quatsch! Hör auf, dir Schmerzen
einzureden, die nicht wirklich da sind. Da ist doch

nur so ein ganz entferntes, kaum merkliches Ziehen im Bein.

Und es waren noch eine ganze Reihe guter Jahre.

Im Wasser eingeklemmt zu sein ist doch ein Widerspruch in sich. Man kann feucht und kalt eingeklemmt sein, im Wrack eines Unfallautos im Winter, im Keller eines zusammengestürzten Hauses, unter einer Lawine, aber meistens ist man doch wohl trocken eingeklemmt, oder? Eine Zange ist doch irgendwie das Gegenteil von Wasser. Im Wasser geht man unter, man hat keinen Halt, man löst sich auf und wird selber flüssig. Natürlich kann im Meer was von unten kommen, ein Krake aus der Tiefe, und einen runterziehen und am Meeresboden festhalten. Aber eine Badewanne hat keinen doppelten Boden.

Was für ein dummes Zeug.

Ich werde mir einfach nur freundliche Dinge vorstellen. Ich stelle mir vor, wie ich mit Günther im Wohnzimmer liege, wir lesen, unsere Sofas stehen im rechten Winkel zueinander, und zwischendurch strecke ich meinen Fuß mit dem schwarzen Strumpf aus und streichele Günthers Bein. Ich merke, wie ich im Wasser meinen rechten, den nicht eingeklemmten Fuß nach ihm ausstrecke. Doch er lächelt nur flüchtig, er hat dieses freundlich abwesende Gesicht, ist vertieft in seine Lektüre und will nicht gestört sein. Und schon schiebt sich Bodo dazwischen, aber nicht mit den guten Erinnerungen, die es ja auch gibt, sondern mit den flackrigen Kippbildern. Für den Fall, dass es mir nicht gelingt, den Rest der Nacht nur an Günther zu denken, nehme ich jetzt schnell zwei weitere Schmerztabletten. Hoffentlich spielt mein Magen mit. Vielleicht kann ich noch mal einschlafen, bis es hell wird und Frau Bisam kommt.

Was mich an der Geschichte mit Bodo am meisten verwirrt, ist, dass sie mich in dieser späten Phase meines Lebens heimsuchte. Sie hätte mir nach Günther nicht mehr zustoßen dürfen. Erst nachdem ich mich von Bodo getrennt hatte, war Günther endgültig tot. Erst da war ich die Frau, die ihren Ehemann mit einem Kerl betrügt, und anschließend, als sie reumütig nach Hause zurückkehren will, sind beide für immer weg, Ehemann und Liebhaber.

Ich war so ausgehungert in den dürren Jahren, die Günthers Tod folgten. Jahrelang habe ich mich mit so wenig begnügt, hier und da Freunde umarmt, manchmal Alexa und Dennis auf dem Schoß gehalten und ihre Köpfchen mit den verklebten Haaren an mein Gesicht gedrückt, der wunderbare Hautgeruch von Säuglingen und Kleinkindern, stundenlang mechanisch Annegrets Katze gestreichelt. Ab und an ein bisschen Selbstbefriedigung, und dabei eigentlich nichts vermisst. Jahrelang scheinbar nichts vermisst! Ich lebte wie eine Nonne in einer Eremitage. Doch das Gedächtnis des Körpers flammt sofort wieder auf. Schon der Anblick von Bodos Erektion entzückte und erregte mich. Manchmal, wenn wir genügend Zeit hatten, schliefen wir zwei-, dreimal am Tag miteinander. Anfangs schämte ich mich meiner Gier, doch als ich merkte, dass es ihm nicht anders ging, verschwanden alle Hemmungen. Auf einmal verstand ich nicht mehr, wie ich mich jemals hinter der Dornröschenhecke im Vergessen hatte einrichten können.

Wenn ich mit dir zusammen bin, sagte Bodo feierlich, fühle ich, dass ein anderes Leben möglich ist. Ich habe so viele Jahre versucht, mich mit meiner schlechten Ehe abzufinden, ich habe die Askese kultiviert, es mit dem Intellekt versucht, mit der Religion und der Esoterik. Alles Sackgassen.

Bodo war schmal, fast zu mager, mit diesem beinahe noch jünglingshaften Körper und dem nicht nachlassenden Begehren. Alles an ihm fühlte sich gut an. Nur sein Gesicht war manchmal erschreckend alt, erstarrt in der Maske eines wie ständig um Entschuldigung bittenden Lächelns. Vielleicht habe ich mich in ihn verliebt, weil er noch einsamer und ausgehungerter schien als ich selber.

Er entwickelte eine Theorie, die ihn entlastete: Meine Frau und ich, wir sind ein Wirtschaftspaar, wir führen einen gemeinsamen Haushalt. Wir sind auch ein Elternpaar. Doch diese Facette trete ja nun in den Hintergrund, nachdem der Sohn aus dem Haus sei und das Abitur der Tochter bevorstehe. Aber wir sind kein Liebespaar, sie und ich!, schloss er triumphierend, wir sind es nie gewesen.

Sie habe seine Ideen akzeptiert, verkündete er mir, und sei damit einverstanden, partiell getrennte Wege zu gehen. Allerdings hatte er ihre Frage, ob er denn eine Freundin habe, verneint. Verständlicherweise gefiel mir das nicht. Aber dann wieder hatte ich auch kein Interesse daran, dass die Angelegenheit zu schnell eskalierte. Wenn sie ihn kennt und nur einen Hauch von Gespür besitzt, wird sie wissen, was im Busch ist, dachte ich. Und in der Tat berichtete er mir wenig später kleinlaut, seine Frau habe einen Familienrat einberufen und von ihm verlangt, dass er seine Entscheidung auch den Kindern mitteile. Sein Sohn sei auf seiner Seite, aber die Tochter habe geweint und kategorisch erklärt: Dann will ich nicht länger bei euch wohnen. Ich habe nicht das Recht, ihr solche Schmerzen zuzufügen, sagte er am Telefon. Und deswegen möchte ich dich für eine Weile nicht sehen. Verstehst du das? Ich will die Dinge nicht unnötig forcieren. Ich muss erst meine Balance wiederfinden.

Hätte ich ihn schon an dieser Stelle zum Teufel schicken sollen? Lass dir Zeit für die Balance, sagte ich, melde dich einfach wieder, wenn du dich danach fühlst. Zum ersten Mal schwankte der Boden unter meinen Füßen. Gleichwohl schien mir unsere Beziehung unzerstörbar. Du darfst ihn nicht unter Druck setzen, du musst ihm Zeit lassen, mahnte ich mich. Ich sagte: Du weißt doch, dass du mir auch Schwieriges zumuten kannst. Was habe ich geglaubt, wer ich bin? Florence Nightingale? Mutter Teresa?

Ja, sagte er erleichtert, es tut gut, so offen mit dir sein zu können. Was uns beide betrifft, habe ich langfristig ein ganz gutes und sicheres Gefühl.

Schon zwei Tage später rief er wieder an: Ich möchte dich doch in der nächsten Woche treffen!

Was hat sich denn geändert?, fragte ich verblüfft, unfähig, mich zu freuen, unter dieser Wechseldusche.

Eigentlich gar nichts, sagte er. Ich habe nur beschlossen, dass ich mich von dem Weg, der für mich gut und richtig ist, nicht mehr abbringen lasse.

An der Ernsthaftigkeit seiner Anstrengungen gab es keinen Zweifel. Ich wollte an ihn glauben. Schließlich hatte auch Günther Jahre gebraucht, sich aus seiner gescheiterten Ehe wirklich zu lösen. Erst über die Jahre wurde er mein Fels in der Brandung.

Anfangs ruft Bodo mich pünktlich alle zwei Tage an, bis mich diese Regelmäßigkeit irritiert. »Ich bin heute mit guten Gefühlen aufgewacht.« »Es steigen noch viele schöne Bilder auf!« Glaubt er, mir gegenüber eine Pflicht erfüllen zu müssen? Seine Telefonstimme klingt glatt und distanziert, seltsam leblos, und unsere Gespräche über die Entfernung hinweg sind nicht selten banal. Es könnte immer jemand in mein Zimmer kommen, erinnert er mich, vielleicht bin ich deswegen ein bisschen förmlich.

Oder liegt es an mir, dass er mir auf halber Strecke zwischen unseren Treffen entgleitet? Ich bilde mir doch nicht bloß ein, dass er sich auf mich zu bewegt. Allerdings geht es zu wie bei der Echternacher Springprozession: zwei vor, eins zurück und hier und da auch mal Seitwärtsschritte. Wenn ich nichts erwarte, überrascht er mich mit der Ankündigung eines unverhofften Besuchs. Aber fast immer folgen diesen kühnen Schritten bei ihm schreckliche Selbstzweifel und Stimmungsschwankungen, die zunehmend Schatten auf meine Freude werfen.

Er sagt: Wenn wir zusammen sind, ist es gut. Aber zwischendurch fühle ich mich zerrissen. Ich muss mir wieder und wieder laut vorsagen, dass ich ein Recht habe, gesund und glücklich zu sein. – Ja, das hast du, verdammt noch mal!, rufe ich heftig. – Aber etwas in mir findet, dass mir Gutes und Glück eigentlich nicht zustehen, fügt er mit kleiner Stimme hinzu.

Du darfst ihn nicht unter Druck setzen!, bete ich mir vor, mein Mantra. Für ihn ist es so viel schwieriger als für dich, er muss ein Doppelleben führen. Doch je länger es dauert, desto übermächtiger wird die Erinnerung an Günther. Ich will wiederhaben, was ich schon einmal hatte. Bodos Vor und Zurück stürzt mich in Unruhe, und im Verlauf kann ich immer weniger auseinanderhalten: Ist es seine Angst oder meine, die mir den Schlaf raubt? Ich nehme mir vor, nur noch der Sprache der Körper zu vertrauen. Denn hier gibt es kein Kippen und Flackern, hier ist alles stimmig.

War das ein Verrat an Günther?

Ich rufe mir Augenblicke körperlicher Nähe mit Günther in Erinnerung. Hier und jetzt, in meinem feuchten Gefängnis, will ich nur an Günther denken, an das Einschlafen am Abend, er liegt auf der Seite, zusammengerollt, von mir abgewandt, ich ringele mich um ihn, stülpe meine Nase in seinen Rücken. Es ist so schmerzlich, dass ich den Wohlgeruch seiner Haut nicht mehr erinnern kann. Mehr als zwanzig Jahre, Hunderte von Monaten, Tausende von Abenden bin ich so mit ihm, neben ihm, an ihn gekuschelt eingeschlafen, und doch liegt jetzt Bodo zwischen uns, mit dem ich nur wenige Nächte verbrachte. Bodos im Halbschlaf ausgestreckte Hand, die auf meinem Bauch liegt, sein Bein, das sich nachts über meine Schenkel schiebt, sein Penis, der in der Morgendämmerung gebieterisch gegen meinen Rücken klopft, bevor er von hinten in mich eindringt, noch im Halbschlaf. Die uralte eindeutige Sprache der Körper, weiterdösen, während wir uns aneinanderschmiegen, ineinanderdrängen. Das wohlige Aufwachen, die wortlose Vertrautheit, mit Bodo wie mit Günther.

Das Bösartige dieser Liebesgeschichte liegt darin, dass die Körper noch auf ihrer Vertrautheit pochen, als wir schon ahnen: Es geht nicht. Es wird niemals gehen. Es war schon Vergangenheit, bevor es begann. Mit dieser Verwirrung bin ich bis heute nicht fertig geworden. Kann es sein, dass der tote Ehemann, obwohl er sich zu Lebzeiten nicht betrogen fühlte, wenn man fremdging, einem nachträglich den Liebhaber verübelt?

Bodo sagt: Mein Leben lang habe ich davon geträumt, einer Frau wie dir zu begegnen. Und jetzt, wo es Wirklichkeit ist, habe ich Angst, dass ich es nicht leben kann.

Lass dir bloß von niemandem, auch von dir selber nicht, einreden, dass du nicht imstande bist, Glück zu ertragen!, entgegne ich scharf. Da spüre ich wohl schon, dass ich auf verlorenem Posten kämpfe.

Eigentlich ist es doch eine Beleidigung, wenn ein Liebhaber, mit dem man die Nacht verbracht hat, mit einem so tieftraurigen Gesicht zum Frühstück erscheint. Sein Morgengesicht ist eine erstarrte Maske, über Nacht eingefroren. Wenn wir uns lieben, ist sein Gesicht weich und rund, heil und ganz. Er entschuldigt sich: Tag für Tag, sagt er, muss ich morgens erst eine große Dunkelheit vor mir zerteilen, das hat nichts mit uns zu tun. Doch das mindert meine Unruhe nicht.

Manchmal benimmt er sich mir gegenüber unangebracht höflich, wie entleert von persönlichem Ausdruck. Dann betrachte auch ich ihn mit distanziertem Blick und sehe einen Mann, der sich zu wenig um seine äußere Erscheinung kümmert und in seinem eigenen Körper nicht zu Hause ist. Nur im Bett wird er vorübergehend lebendig. Er zieht sich nachlässig an, hat keinerlei Gespür dafür, was ihn kleidet und was nicht. Zwar mag ich keine eitlen Männer, auch Günther lief nicht herum wie ein Dressman. Doch einige von Bodos Pullovern sind definitiv hässlich. Sein Wintermantel – er ist stolz darauf, dass der schon fast zwanzig Jahre alt ist – schlottert um ihn herum, als sei er eine Spende aus der Altkleidersammlung. Dabei verdient er gut; er kann sich einiges mehr leisten als ich. Konsum bedeute ihm nichts, erklärt er.

Er liest mir aus seinem Tagebuch vor: allgemeine und, wie mir scheint, ziemlich abgegriffene Betrachtungen über Mensch, Natur, Welt und Ewigkeit. Es gibt kaum Persönliches und damit fast nichts Authentisches, und da ist ein etwas peinlicher Hang zum Pathos, der ihm nicht aufzufallen scheint. Doch am meisten schmerzt mich, dass ich nicht vorkomme. Es gibt mich nicht in seinem Leben. Er habe immer ein bisschen Angst, dass es jemand finden und darin lesen könne, meint er beschwichtigend. Ist das wirklich die ganze Erklärung?

Wir hocken auf einer Friedhofsmauer nah beim See, Schulter an Schulter, Kopf an Kopf gelehnt, satt und zufrieden, sprechen über Religion und Tod, alltägliche und letzte Dinge, dies und das, und starren dabei auf die gekräuselte Oberfläche des Wassers. Er flüstert beschwörend: Nie wieder kann es für mich den Weg zurück in die Ideologie des Verzichts geben! Wie schön sind die weichgezeichneten Konturen des anderen Ufers im orangefarbenen Abendlicht, als eine Rotte Enten überraschend aufflattert, um nach kurzem Flug wieder platschend auf dem Wasser zu landen.

Was machst du in deiner Freizeit?

Eigentlich nichts, sagt er – rumtrödeln. Am liebsten räume ich die Küche auf. Ich liege vor dem Kamin und starre ins Feuer. Und ich schlafe. Noch nie ist mir ein erwachsener Mensch begegnet, der so viel schläft wie Bodo. Nicht nur dass er schläft, wenn es ihm schlecht geht. Er verschläft sogar, wenn er bei mir ist, tagsüber große Stücke unserer kostbaren gemeinsamen Zeit. Als ich mich über sein gewaltiges Schlafbedürfnis verwundere, reagiert er ungewohnt aggressiv: Meine Arbeit ist anstrengend und Schlaf für mich heilsam. Soll ich denn in die gleiche leere Betriebsamkeit ausbrechen wie alle anderen? Fitnessstudio, Sauna, Kino oder was sonst? Na gut, vielleicht ist auch ein bisschen Weltflucht dabei.

Es ist kühl, es beginnt zu nieseln, wir streunen ziellos durch hohes Sumpfgras, er fuchtelt verzweifelt mit den Armen. Manchmal denke ich, es reißt mich in Stücke, klagt er. Ich gehe mit guten, versicherten Gefühlen ins Bett und wache fast zähneklappernd vor Angst auf. Es ist, als würde jemand in der Nacht einen Schalter in meinem Kopf umlegen!

Zuletzt ist immer nur von ihm die Rede. Ich existiere nicht mehr in seinen Selbstgesprächen, bin nur noch der Anlass für seine Probleme. Er sagt es nicht, aber ich kann es fühlen: Wenn es mich nicht gäbe, wäre alles wieder gut, er könnte in sein früheres Leben zurückkehren. Er scheint nach und nach zu vergessen, wie erbärmlich er sich zuvor darin fühlte, oder das vertraute Gefängnis ist ihm jetzt wieder lieber als die Schrecken der unbekannten Freiheit, die sich vor ihm auftut.

Sonderbarerweise wächst meine Angst in gleichem Maß wie seine. Eben noch schien mir ein Zusammenleben mit ihm möglich; jetzt fürchte ich mich vor den Konsequenzen. Wir müssen doch nichts sofort entscheiden! Lass deine Tochter erst mal in Ruhe Abitur machen! Was, wenn wir tatsächlich eine gemeinsame Wohnung bezögen und es ihm dann noch schlechter ginge und ich mich dauernd schuldig fühlen müsste?

Ich leide unter seiner Zerrissenheit, erlebe seine inneren Aufs und Abs als meine eigenen – doch je mehr ich das tue, desto stärker entfernt er sich von mir.

Drückende Schwüle. Wir lagern auf einer Decke im Sumpfgras beim See. Auf meine Annäherungen reagiert er zunächst verhalten, fast abwehrend. Er sagt, er habe Angst vor Vogelliebhabern, die das Schilf mit dem Fernglas absuchen und uns dabei ins Visier nehmen könnten. Dann stürzt er sich doch auf mich. Ein bedrohlich großes Insekt umschwirrt brummend unsere schweißnassen Körper, während er auf mir herumturnt. Ich folge seinem Kreisen mit hilflosem Blick, bis es mitten auf Bodos Rücken landet und gemein zusticht. Als er sich mit einem Schmerzlaut beiseiterollt, bemerke ich, wie schmutzig seine Fingernägel sind. Vom Kirschenpflücken, sagt er beiläufig, und obwohl ich weiß, dass die schwarzen Flecken der Obstsäure nur schwer zu entfernen sind, empfinde ich seine Nachlässigkeit als Missachtung. Zum ersten Mal fühle ich mich in einem winzigen Detail körperlich abgestoßen.

Lass uns aufbrechen! Eigentlich meine ich: Fliehen.

Jeden Augenblick wird das Gewitter über uns sein.

Er liegt träge auf dem Rücken und sinniert laut: Für die Buddhisten ist die Sexualität die schlimmste aller Anhaftungen. Vielleicht ist es überhaupt die

Aufgabe der zweiten Lebenshälfte, sich stattdessen der Spiritualität zuzuwenden.

Er erzählt von einer Kollegin, die sich in einen Mexikaner verliebte, die große Liebe ihres Lebens, sagt er. Sie ist ihm nach Mexiko gefolgt. Vor zwei Wochen ist sie wiedergekommen, völlig zerstört. Es hat nicht mal drei Monate gedauert!

Er erzählt von einem Chefarzt in seinem Bekanntenkreis, der vor einiger Zeit Frau und Kinder verließ, um mit seiner jungen Geliebten zusammenzuleben. Und jetzt hat er erfahren, dass er Prostatakrebs hat und nur noch ein halbes Jahr leben wird!

Ich sage nicht: Aber den Tumor muss er lange vorher entwickelt haben, als er noch bei seiner Familie war! So hatte er wenigstens noch eine gute Zeit mit der Freundin.

Ich sage nicht: Am Anfang hast du mir von Leuten erzählt, die Krebs bekamen, weil sie es nicht schafften, sich aus dem Würgegriff ihrer schlechten Ehe zu lösen.

Ich sage: Wenn du die Dinge so siehst, ist es wohl besser, dass wir uns trennen, hier und heute.

Am liebsten hätte ich das schon nach wenigen Tagen wieder rückgängig gemacht. Doch er war erleichtert. Ich hatte ihm die Entscheidung abgenommen.

17

Dunkelheit türmt sich zentnerschwer über mir.

Aufwachen! Bitte wach werden!

Schwarze Nacht mich zu ersticken droht. Um mich her Sumpf, eisiger Sumpf, in dem ich versinke, Stück für Stück. Will mich an Günther festhalten, doch meine Finger rutschen immer wieder ab an seiner glatten feuchten Oberfläche. Ich kann den Kopf nicht über Wasser halten, schon läuft mir faulige Brühe in den Mund. Ein großes schwarzes Tier hockt auf meiner Brust und drückt mich tiefer. Von oben senkt sich eine triumphierende Fratze über mich. Veras Gesicht?

Mit einem Schrei werde ich wach. Endlich wach. Doch so entsetzt ich die Augen auch aufreiße: immer nur Dunkelheit. Erst allmählich taucht das graue Rechteck des Dachfensters über mir auf und das graue Quadrat des kleinen Fensters am Fuß der Wanne, halb verdeckt durch das tiefschwarze Gebirge des Regals unmittelbar vor mir. Ich muss von der Falkenstraße geträumt haben.

Es sind so viele Stimmen in meinem Kopf, ruft Bodo verzweifelt. Die meines Vaters, der mir zuruft: Es darf nicht sein – auch er hat furchtbar für seine Geliebte bezahlen müssen. Die Verwandten und Bekannten, die mit dem Finger auf mich zeigen: Guckt mal, und der hat sich vor uns als was Besseres aufgespielt! Meine Kinder, die mich verachten. Wo ich mich doch immer bemüht habe, alles gut und richtig zu machen.

Hille sagt: Sei froh, dass es so zu Ende gegangen ist. Er hatte nichts, aber auch gar nichts von Günther. Hast du nicht gemerkt, wie er dich aussaugt? Zuletzt hast du selber schon wie ein Maulwurf gelebt, sagt Hille. Diese Depressiven sind auf eine indirekte Art scheußlich aggressiv. Warum bist du nicht wenigstens wütend auf ihn?

Mein Kopf ist im Schlaf seitlich ins Wasser gesunken. Das Wasser ist eisig. Zitternd taste ich nach dem Heißwasserhahn. Mein Nacken ist völlig steif, ich habe Schwierigkeiten, den Kopf wieder zurück in die Mitte zwischen den Schultern zu manövrieren. Er steht oder vielmehr hängt jetzt schräg. Während ich mit der anderen Hand nach dem Stöpsel suche, um etwas Wasser abzulassen, damit es endlich, endlich wieder warm wird, höre ich mich durch das Klappern meiner Zähne hindurch heulen. Ich kann das nicht stoppen, ein sonderbar fremdes Geräusch wie von einem anderen Lebewesen. Ich brauche unendlich lang, bis ich den Stöpsel zu fassen und dann rausgezogen bekomme, denn meine Finger können nichts mehr fühlen und haben keine Kraft mehr. Dabei heule ich, dass es mich schüttelt, unkontrolliert. Angst, Schmerzen im linken Bein und der Traum. Obwohl ich ihn schon wieder vergessen habe, irgendwas von Bodo, Günther und Vera. Ein bleiernes Erwachen. Ich muss länger geschlafen haben in der schwarzen Nacht. Mich wiederfinden in dieser verzweifelten Lage. Elend frierend und allein.

Was ist denn so anders an dieser Dunkelheit? Man wacht doch auch sonst manchmal mitten in der Nacht im Dunkeln auf. Aber vom Bett aus brauche ich nur den Arm auszustrecken, um den Schalter der Nachttischlampe zu erreichen. Im Bett kann ich lesen, gegen das große Kissen gelehnt, das ich in meinen Rücken stopfe. Ich kann das Radio einschalten, Nachtprogramm, meist sehr schöne klassische Musik, glättet die Seele. Ich kann mich strecken, auf die Bettkante setzen, auf Toilette gehen. Ich kann den Bademantel überwerfen, in die Küche schlappen und mir eine heiße Milch mit Honig machen. Ich kann ins Wohnzimmer übersiedeln und vom Sofa aus, eine Wolldecke um mich gewickelt, Fernsehen gucken. So vertreibt man die Finsternis.

Jetzt geht nichts dergleichen. Vollkommen ausgeliefert. Ich könnte schreien. Und plötzlich höre ich mich schreien: Hilfe! Hilfe! Es ist ein merkwürdig dünnes zittriges Stimmchen, das da aus mir herauskommt. Lauter! So wird das nichts. Ich sammele alle Spucke im Mund, alle Kraft im Brustkorb und schreie, brülle: Hil-fe! Hil-fe! Fühle die Adern an Hals und Stirn anschwellen. Hil-fe! Doch immer noch eine lächerlich schwache Stimme, die sich überschlägt und plötzlich wieder abbricht, geschüttelt vom Schluchzen.

Das hat doch alles keinen Sinn.

Sind irgendwo Fenster aufgegangen? Nirgendwo auch nur ein einziges Licht auf der Rückseite des gegenüberliegenden Hauses. Nur das unerschütterliche entfernte Summen des Verkehrs auf der Durchgangsstraße. Vielleicht ist ja gerade einer zufällig wach? Die alte Frau Schulte unter mir ist schwerhörig. Schreien hat gar keinen Sinn. Die anderen Wohnungen im Haus werden geschnitten sein wie meine, also gehen die Schlafzimmer nicht zu dieser Seite hinaus; hier hinten sind nur die Küchen, Badezimmer und Toiletten. Und denk doch mal nach. Selbst wenn dich jemand gehört hätte, das Fenster geöffnet hätte und in die Nacht hinein noch einmal lauschte – woher sollte der denn wissen, von wo der Hilfeschrei kommt? Wie sollen die anderen dich denn lokalisieren, wo kein Licht bei dir ist? Du glaubst doch nicht im Ernst, dass jemand die Polizei anruft und sagt: Ich glaube, ich habe jemanden um Hilfe rufen hören, keine Ahnung, wo.

Du müsstest schon geordnete Sätze sehr laut in die Nacht hinausschreien: Hilfe, Leute, hier bin ich, vierter Stock, Bismarckstr. 40, Ulrike Reimer! Hilfe! Polizei! Feuerwehr! Krankenwagen! Das kannst du dir sparen, wenn schon dein »Hilfe« allein nicht laut genug ist, um irgendjemand im Umkreis aus dem Bett zu holen.

Also hör auf durchzudrehen. Reiß dich zusammen. Es kann doch jetzt wirklich nicht mehr lang sein bis zum Morgen.

Wenn man sich nachts schlaflos im Bett wälzt, knipst man alle Viertelstunden das Nachttischlicht an, um zu schauen, wie spät es ist. Kein Zeitgefühl. Die paar Stunden hältst du auch noch durch. Wird es nicht gegen sieben hell um diese Jahreszeit? Sobald es dämmert, ist Frau Bisam ganz nah. Eigentlich sollte ich froh sein, dass ich dank der Schmerztabletten eine Zeit lang geschlafen habe. Allerdings lauert die Panik noch überall um mich herum in der Dunkelheit. Ich fühle mich wie gelähmt. Ich bin gelähmt. Mir ist übel. Das machen die Tabletten auf leeren Magen. Wenn jetzt ein Einbrecher käme, brauchte er meinen Kopf nur ganz kurz unter Wasser zu drücken, nur wenige Augenblicke lang, ohne größere Anstrengung. Das wärs dann gewesen.

Vor Kurzem stieg ein Einbrecher nachts durchs Fenster in eine Wohnung, sah sich dort um und stellte fest, dass die Einrichtung ziemlich heruntergekommen wirkte. Nach einiger Zeit fiel der Strahl seiner Taschenlampe auf das schreckensbleiche Gesicht der gelähmten alten Frau (einer wirklich alten Frau), die in ihrem Bett lag. Ihr Rollstuhl stand daneben, und sie starrte in das Licht seiner Lampe mit weit aufgerissenen Augen. Vielleicht wollte sie schreien, aber sie konnte nicht. Da soll er ihr einen Zehneuroschein auf den Nachttisch neben das Bett gelegt haben: Ich sehe, bei dir ist gar nichts zu holen, Oma, du bist noch schlechter dran als ich. Gute Nacht! Damit schwang er sich wieder aus dem Fenster. Eine so nette menschenfreundliche Geschichte. Stand neulich in meiner Zeitung. Auch solche Dinge geschehen. Nicht oft, aber es gibt sie.

Kein Einbrecher.

Bitte bleiben Sie doch, würde ich sagen, leisten Sie mir noch ein bisschen Gesellschaft. Sie können sich auch gern in der Küche einen Kaffee machen. Und dann helfen Sie mir vielleicht hier raus?

Es rumpelt in der Küche. Es stößt gegen Möbel, klappert mit Geschirr. Ein ungeschickter Einbrecher. Nein, das bin ich ja selber, hantiere geräuschvoll mit Pfannen und Schüsseln, hinter mir spielt das Radio heitere Musik. Das Poltern mit dem dumpfen Nachhall kommt aus der Diele. Ich halte im Rühren inne. Was ist?, rufe ich schrill ins reglos hinter mir lauernde Dunkel. Ist was? Dann werfe ich den Holzlöffel beiseite und laufe. Er liegt auf dem Fußboden vor der Etagentür, vornübergefallen, auf dem Gesicht, den linken Arm unter der Brust, als sei er daraufgestürzt, den rechten Arm komisch nach oben abgewinkelt. Günther! Ich hocke neben ihm, will seinen Kopf fassen und sehe sein rechtes Auge leer ins Nichts starren. Ich schreie lautlos. Ich habe keine Stimme mehr.

Aber so war es doch gar nicht. Ich war doch gar nicht zu Hause, als es geschah. Also kann ich gar nichts gehört haben. Ich hätte es auch nicht verhindern können, wenn ich da gewesen wäre.

Ich bin so allein, so mausbeinallein, schreit Bodo wild. Ich bin so zerrissen, ruft er und rudert mit den Armen in der Luft herum. Es reißt mich in Stücke! Ich muss ausziehen, mir eine eigene Wohnung nehmen, damit wir uns öfter sehen können. Es ist, als liefe ich mit einer Tarnkappe durch mein eigenes Haus. Ich fühle mich wie ein Fremder, zwischen Frau und Kindern.

Dunkelheit, undurchdringlich um mich her. Ganz sicher haben diese verdammten Jahre in der Falkenstraße Günthers Leben verkürzt, es war ein einziger Stress, für ihn noch mehr als für mich, Veras fortgesetzte Sticheleien, aber er meinte, es durchhalten zu müssen. Es ist schon besser geworden!, redete er sich ein, dabei wurde es immer schlimmer. Wir hätten uns niemals auf diese Wohngemeinschaft einlassen dürfen.

Die Dunkelheit nach Günthers Tod war wie eine Mondlandschaft. Mehr metallisches Dämmerlicht als tiefschwarze Nacht, Felsbrocken, Steinwüste. Krater. Alles lautlos, still und starr. Ich stand jahrelang bewegungslos mittendrin, unfähig, auch nur ein Bein vor das andere zu setzen.

Bodo sieht aus wie nach innen weggeklappt. Wie einer, der gar nicht in sich selber zu Hause ist. Manchmal bin ich versucht anzuklopfen: Hallo, ist da einer? Und es würde mich nicht wundern, wenn er in mürrischem Ton antwortete: Ich habe dir doch gesagt, dass niemand da ist! Sag nicht, ich hätte dich nicht gewarnt.

Die Dunkelheit nach der Trennung von Bodo ist wie ein schwarzbrauner Tümpel, brackiges Wasser, aus dem blubbernd giftige Blasen steigen. Und ich, mitten in diesem Sumpf, versinkend, rufe nach Günther, der nicht da ist, weit und breit. Nur das höhnische Krächzen von Krähen, die über mich hinwegfliegen.

Von allem, was wir uns gegenseitig zugemutet haben, war die Falkenstraße die größte und dümmste Zumutung, sage ich zu Günther. Wie töricht zu glauben, es hätte funktionieren können! Und warum haben wir es gemacht? Das will ich dir sagen: weil wir immer den lächerlichen Anspruch hatten, das besondere Superpaar zu sein, das auch noch die kniffligsten Lebenssituationen mit links meistert. Es ging mir doch nur um Anna, wendet Günther schwach ein, und eine Zeit lang hat es doch ganz gut geklappt. Quatsch!, sage ich. Quatsch und noch mal Quatsch! Alles Selbstbetrug.

Ich habe doch nicht etwa die Kette vor meine Wohnungstür gelegt? Dann kann Frau Bisam gar nicht herein, wenn sie gleich aufschließt! Gleich oder morgen oder nachher. Doch sollte die Kette eingehängt sein, wird sie immerhin stutzig werden, denn warum sollte ich von innen zusperren, wenn sie kommt, und natürlich werde ich, auch wenn sie die Tür nur einen Spaltweit öffnen kann, ihr zurufen können, dass sie Hilfe holen soll. Aber warum hätte ich die Kette vorlegen sollen, bevor ich in die Wanne stieg, da ich doch noch ausgehen wollte? Das mache ich doch immer erst vor dem Zubettgehen.

Mein krankes, gefangenes Bein spüre ich schon lange nicht mehr. Vielleicht wegen der Schmerztabletten. Vielleicht ist es aber auch abgestorben, weil es abgeklemmt ist.

Ich versuchte, die Wohnungstür aufzuschieben, damals, als ich aus Berlin zurückkam. Mir war übel vor Angst, während des Fluges und während ich vom Flughafen nach Hause raste, weil er am Vorabend und am frühen Morgen nicht ans Telefon gegangen war. Die Tür ließ sich aufschließen, aber nicht aufstoßen. Etwas Schweres blockierte sie von innen. Günther lag quer davor, vornübergefallen, auf dem Gesicht, den linken Arm unter der Brust, den rechten Arm komisch abgewinkelt. Durch den Türspalt streckte ich schreiend den Arm nach seinem Kopf aus und sah sein rechtes Auge leer auf mich gerichtet.

Oben auf der Brücke steht eine einsame Gestalt, die sich weit über das Geländer lehnt und mir nachwinkt, während ich davonfahre, schwarz vor dem grauen Nachthimmel. Bodo, ein verlorener Schattenriss vor der Abenddämmerung. Er winkt eifrig, vornübergebeugt, und es rührt mich, wie er mir als einsamer Engel seinen letzten Segen erteilt. Doch gleich kommen die anderen Gedanken, die man auch hat, wenn man verlorene Gestalten auf Brücken vornübergeneigt stehen sieht. Der Engel des Todes.

Hat Günther noch versucht, aus dem Haus zu laufen? Warum hat er nicht den Notarzt gerufen? Ich träume noch oft davon, wie ich nach Hause komme und ihn quer vor der Wohnungstür liegend finde, die ich mühsam, mit riesiger Anstrengung und bleiernem Entsetzen, Zentimeter für Zentimeter weiter aufzustoßen versuche.

Die Dunkelheit jetzt ist schwarz und glatt. Es ist die undurchsichtige Oberfläche eines dunklen Stroms, eiskaltes Wasser, über das sich eng und fest ein ebenso schwarzer konturenloser Himmel stülpt. Ich schwimme in der Mitte des Wassers in einem kleinen Körbchen, das im Kreise trudelt. Es trudelt immer schneller. Wird immer kleiner. Verschwindet.

18

Die kleinen Stunden der Nacht, ich glaube, so sagen die Franzosen. Ein niedlicher Ausdruck. Doch das sind keine netten kleinen handzahmen Stunden, wie jeder weiß, der gegen Morgen wach liegt, sondern bissige Monster mit gemeinen gelben Augen, die ihre schwarz gezackten Flügel spreizen, bevor sie ihre giftigen Zähne in unsere Gedanken schlagen. Bis Mitternacht geht es noch und vielleicht auch noch bis ein Uhr, wenn man ein Nachtmensch ist. Doch danach kommt für alle das sumpfige Gelände mit den Gespenstern rechts und links, mit den Untiefen, in denen alle Dinge ihre wahren Proportionen verlieren. Mit dem Messer zwischen den Zähnen muss ich da durchrobben.

Günther sitzt mir in der Wanne gegenüber, auf seinem alten Platz.

Das konnte doch gar nicht gutgehen: wir mit Vera, Urs und Anna in einem Haus!

Er stellt sich tumb, blind und taub, wie so oft.

Deine Schuld, dass wir Jahre in dieser Horror-wohngemeinschaft ausgeharrt haben! Ich habe dir schon nach kürzester Zeit gesagt, dass es ein Fehler war.

Schweigen. Dunkelheit. Schweigen.

Du wolltest Anna wenigstens während der Pubertät als Vater ganz zur Verfügung stehen, hast du gesagt. Zumal deine Beziehung zu Vera jetzt abgeklärt sei – das war der beste Witz!

Er seufzt.

Weißt du noch, wie oft du damals geträumt hast, sie wären alle hinter dir her, Vera, Anna, Urs, du warst endlos auf der Flucht, und manchmal, wenn du nicht rechtzeitig wach wurdest, hast du sie am Ende deiner Träume sogar umgebracht!

Er windet sich. Ich spüre das als unangenehmen Druck in meinem lädierten Bein. Wir hatten auch gute Zeiten!

Ich hatte Vera in der Frauengruppe als sympathisch und selbstbewusst kennengelernt. Sie schien ihm nichts nachzutragen und ohne Vorbehalte mir gegen-über. Doch als wir zusammenwohnten, entpuppte sie sich als kontrollwütig und intrigant. Er hätte es besser wissen müssen. Erst viel später ist mir aufgegangen, wie bedeutsam das äußere Arrangement war: Vera und Urs unterm Dach. Wir im Parterre. Und in der Mit-te, im ersten Stock, die Gemeinschaftsküche und die drei Kinderzimmer für Anna, Daniela und Florian. Vera thronte sozusagen über allem. Als Urs' Kinder noch jedes Wochenende kamen, lief es ganz gut. Wir waren wieder die Vorzeigewohngemeinschaft für die ganze Stadt: So geht man souverän mit den neuen Patchworkfamilien um!

Plätschere nicht so lächerlich mit dem Wasser, Günther! Das Bein tut weh. Du hockst mit deinem ganzen Gewicht auf mir!

Dann begann Florian zu studieren und Dani blieb an den Wochenenden immer häufiger bei ihrer Mutter und Anna ließ ihre schlechte Laune zunehmend an ihrem Vater aus. Bei ihrer Mutter traute sie sich nicht. Und Vera, weil sie vor Urs noch einen gewissen Respekt hatte, versäumte keine Gelegenheit, Günther zum Popanz zu machen. Beim gemeinsamen Mittagessen sagte sie nicht etwa zu Günther: Könntest du dich heute Nachmittag mal um Annas Schulaufgaben kümmern? Sondern sie bemerkte stattdessen in Richtung Anna, als sei Günther Luft: Ob es dein Vater wohl heute mal schafft, dir bei den Hausaufgaben zu helfen?

Sie hat doch von Anfang an nichts anderes getan, als dich fertigzumachen. Es war ihre späte Rache an dir.

Auch du hast dauernd an mir rumgemeckert!, wirft Günther unerwartet zurück.

Die Möbel und Bücherkisten an der Bordsteinkante der Falkenstraße, aufgetürmt im feuchten Laub. Da sitze ich, warte auf den Umzugswagen und bewache Günthers und meine Habe im aufsteigenden Modergeruch des Herbstes. Vera hat einen Zettel auf die unterste Treppenstufe deponiert, um sich die persönliche Verabschiedung zu ersparen: »Da ihr das destruktiv-pubertäre Verhalten, das ihr in den letzten Monaten gezeigt habt, nicht aufgeben wollt, muss ich euch die letzte Haushaltsabrechnung auf diesem Weg überreichen.« Es war eine Abrechnung, die selbst Günther sprachlos machte.

Ob alles anders gekommen wäre, wenn Vera und ich in der Falkenstraße noch mal Kinder gehabt hätten? Beide hatten wir zu Beginn unserer Wohngemeinschaft diesen Wunsch im Hinterkopf, und als wir uns darüber austauschten, gerieten wir richtig ins Schwärmen: Wir haben doch hier die allerbesten Bedingungen! Da sind vier Erwachsene, die sich um die Winzlinge kümmern, und zwei kleine Mädchen, die sich begeistert auf sie stürzen werden! Doch nach und nach stellte sich heraus, dass ich nicht konnte und dass Urs nicht wollte. Ich glaube, Vera hat mir nicht verziehen, dass Günther meinen Wunsch nach einem Kind immerhin akzeptierte und zumindest das Seine dazu tat, während sich Urs dem Projekt umso energischer verweigerte, je mehr sie ihn bedrängte.

Ich fing erst an, allergisch auf den Zirkus zu reagieren, den sie um Anna veranstalteten, als ich ahnte, dass ich nie ein eigenes Kind haben würde.

Du warst peinlich eifersüchtig auf Anna, murmelt Günther aus dem Dunklen.

Sie war eine verwöhnte kleine Kröte. Wie du ihre Geburtstage zelebriertest!

Manchmal schloss er sich stundenlang in sein Zimmer ein, um seine Geschenke für sie zu verpacken, liebevoll ausgesuchte Kleinigkeiten, die er einzeln in Geschenkpapier einschlug, mit sinnigen Sprüchen versehen. Seine Tür war nicht etwa nur Annas wegen verschlossen – ich durfte ihn bei dieser Beschäftigung nicht stören!

Wenn es nur nicht zufällig das Jahr gewesen wäre, wo dir zu meinem Geburtstag nur zwei alte Beatles-platten eingefallen sind! Einmal hast du mir und Anna zu Weihnachten den gleichen Teddybären geschenkt, ohne was dabei zu finden.

Wie konntest du auf ein Kind so eifersüchtig sein.

Anna durfte zu ihrem dreizehnten Geburtstag dreizehn Kinder einladen. Papa und Mama, Vera und Günther sprangen um die Wette als Entertainer; Vera kam groß heraus, Günther machte den Balljungen. Urs war dienstlich verreist, und ich war überhaupt nicht eingeladen. Ich war so beleidigt, dass ich an diesem Wochenende zu Konrad fuhr und noch einmal mit ihm ins Bett ging. Ich erzählte Günther nichts davon. Er fragte auch nicht danach. Ich weiß nicht mal, ob es ihn überhaupt interessiert hätte.

Sex mit Günther machte damals nicht besonders viel Spaß. Wir schliefen nach Stundenplan miteinander, erst unter dem Regiment der Aufwachtemperaturkurve, später streng nach den Vorgaben des Hormonprogramms. Während der längsten Zeit in der Falkenstraße lief ich in jedem Zyklus mindestens fünf- bis siebenmal frühmorgens ins Krankenhaus, wo meine Hormonwerte gemessen und per Ultraschall das Wachstum des heranreifenden Follikels überwacht wurde. Die Devise lautete: Spermien sparen bis zum günstigsten Augenblick. Ich schränkte meine Dienstreisen so weit wie möglich ein und versuchte, mein Berufsleben um den prospektiven Follikelsprung herum zu organisieren. Nicht selten war es dann Günther, der genau im entscheidenden Zeitpunkt nicht zur Verfügung stand, weil er dringend zu einer Tagung fahren musste. Manchmal reiste ich ihm nach. Vergebens. Ich fühlte mich in dieser Zeit so allein. Meine Schwestern waren mühelos Mütter geworden; Annette hatte zwei Kinder, Beate sogar drei, und Siri, mit ihren amerikanischen Töchtern, war mir am fremdesten geworden.

Es war zu spät. Zu spät. Ich will nicht weinen.

Ich will weiter gegen Günther wüten. Du hast dir

ja das Scheitern dieser Wohngemeinschaft erst eingestanden, als zwischen Vera und Urs offener Krieg ausbrach! Als dich die Angst packte, du könntest in Zukunft ohne Puffer einer partnerlosen Vera ausgeliefert sein.

Ich hatte Angst davor, Vera und dir zugleich ausgeliefert zu sein.

Das ist mies und unfair, Günther!

Lange genug hat es gedauert, bis ich ihn so weit hatte, dass wir uns endlich eine Wohnung zu zweit suchten, nach den vielen Wohngemeinschaftsjahren. Damals heirateten wir übrigens auch, nachdem wir jahrzehntelang ohne Trauschein zusammengelebt hatten. Wir wurden ein ganz normales, bürgerliches Paar mittleren Alters wie alle anderen, wenn auch mit diesen unsichtbaren Blessuren.

Ich sitze sehr aufrecht auf einem alten Küchenhocker im fallenden Herbstlaub, als der Möbelwagen vorfährt. Vera hat scheinbar korrekt den gemeinsamen Hausrat auseinanderdividiert: Da stehen neben unseren Lampen auf der Gartenmauer ein paar Kartons mit Lebensmitteln aus dem Notstandsvorrat, den wir nach dem Reaktorunfall von Tschernobyl anlegten: zwanzig Packungen Salz und eine Reihe von Konserven, deren Haltbarkeitsdatum bereits abgelaufen ist oder demnächst abläuft, angeschlagene Teller aus einem nicht mehr vollständigen Service, die beiden Pfannen aus dem gemeinsamen Sortiment, die seit Jahren nicht benutzt wurden, weil sie anbackten. Nebst dem Küchenschrank, der sowieso entrümpelt werden sollte. Ich fühle Veras stechenden Blick in meinem Rücken, aus dem obersten Stock heraus, hinter den Gardinen ihres Zimmers hervor. Wenigstens das Kostbarste, meine Beziehung zu Günther, habe ich vor ihr in Sicherheit gebracht.

Hänsel und Gretel, Hand in Hand, kommen atemlos aus dem Wald gerannt, sind der bösen Hexe gerade noch rechtzeitig entwichen. Ich atmete auf, Günther blieb noch lange bedrückt. Wenn du jetzt wieder abhaust, kriegst du Anna die nächsten Jahre nicht mehr zu Gesicht, hatte Vera gedroht. Aber Anna ist sechzehn und kann selber entscheiden, wann und wie oft sie dich sehen will, tröstete ich ihn. Tatsächlich hat sich dieser Teil nach einer schwierigen Übergangszeit ganz gut eingespielt. Mit den Jahren ist dann auch mein Verhältnis zu Anna immer besser geworden.

Und die vielen gelungenen Feste? Das Spielen mit den Kindern? Die gemeinsame politische Arbeit? Das Singen und Musizieren? Die schöne Jugendstilvilla, die Sonntagabendessen im Sommer, im Garten unter den hohen alten Bäumen, mit den guten Gesprächen? Das Sonnenbaden nackt nebeneinander auf der Terrasse, in unterschiedlichen Konstellationen (nur die Kinder zogen verschämt ihre Badehöschen nie aus)?

Das alles gab es doch auch, erinnert Günther. Für ihn prägen vor allem gute Erinnerungen unsere Jahre in der Falkenstraße. Für mich verblassen sie angesichts der sich häufenden vergifteten Szenen zum Ende hin.

Für Vera ist damals noch mehr zerbrochen als für uns.

Und wir? Was ist mit unseren vergeudeten Jahren?

Der Weg ist das Ziel, sagt Günter.

Jetzt komm mir bloß nicht mit diesen blöden Sprüchen! Ich halte mir die Ohren mit beiden Händen zu, bis ich niesen muss, dreimal, fünfmal. Das Niesen erschüttert meinen Körper so heftig, dass ich das linke Bein mit beiden Händen am Oberschenkel fest umklammert halte, damit die Bewegung nicht so wehtut.

Hör auf, Bein! Reiß dich zusammen, diese kurze Zeit noch!

Es war schon zu spät, zu allem zu spät.

Das Bein muss während der letzten Stunden angeschwollen sein. Ich spüre jetzt das ganze Gewicht des Regals mit einem anhaltend schmerzhaften Druck.

Kurz vor unserem Auszug aus der Falkenstraße gab ich es auf, eine Schwangerschaft um jeden Preis erzwingen zu wollen. Mehrere Anläufe mit künstlicher Insemination hatten ebenso wenig gefruchtet wie das anfängliche Programm »GV zum Optimum«. Stattdessen hatten sich durch die intensiven Hormongaben Myome gebildet, die eine Schwangerschaft zunehmend unwahrscheinlicher machten. Und ich war zu alt. Ich warf Günther vor, es hätte nur deswegen nicht geklappt, weil er es nie wirklich gewollt habe.

Plötzlich beginnt es von oben zu tropfen. Jetzt muss es zu allem anderen auch noch regnen! Schwere kalte Wassertropfen fallen durch das geöffnete Dachfenster auf mich, die ich mich schniefend und schluchzend, soweit es geht, in der Wanne zusammenkauere. Dass ich das Dachfenster nicht schließen kann! Ich bin diesem Regen ebenso ausgeliefert wie dem auffrischenden hässlichen Luftzug, der zwischen dem spaltbreit geöffneten Seitenfenster und der Dachluke geht. So lasse ich nur immerfort warmes Wasser nachlaufen, während es mir eiskalt von oben durch die nassen Haare auf die Kopfhaut und den Hals entlangtropft. Das Schluchzen schüttelt mich dermaßen, dass mein eingeklemmtes Bein unter dem Regal zuckt und schmerzt. Noch stärkeres Schluchzen. Noch mehr Schmerzen.

Ich habe dich nie ganz allein für mich gehabt, schluchze ich. Sitzt er mir überhaupt noch gegenüber in der Badewanne? Als wir endlich zu zweit allein waren, hatten wir nur noch diese paar Jahre miteinander.

Schwer und kalt sackt feuchte Düsternis durch

die offene Dachluke auf mich herunter. Ich würde so gern an etwas Gutes denken können, in dieser großen Dunkelheit und schrecklichen Leere.

Er hatte damals nicht viel Freude an mir. Ich war eine fordernde, jammernde, chronisch unzufriedene Partnerin. Ich habe ihn mit allerlei unlauteren Mitteln bearbeitet, ihn unfair attackiert, angegiftet: Jeder Monat, den wir länger hier wohnen, macht die Dinge schlimmer! Ich konnte nicht ertragen, wie er sich selbst belog. Der Günther der Falkenstraße war ein anderer als der unseres ersten wilden Jahrzehnts. Der war ein Draufgänger gewesen, neugierig auf das Leben, übermütig, vielleicht ein bisschen verantwortungslos. Jetzt nahm ich ihn zunehmend als angeschlagen wahr. Es machte mich ganz krank, dass er sich Vera und Urs gegenüber nicht stärker behauptete. Sie hatten sich auf ihn als Sündenbock geeinigt, um nicht aufeinander losgehen zu müssen. Sei doch nicht so ein Schlaffi, hetzte sogar Urs, lass dir doch von Vera nicht alles gefallen! Vielleicht wollte ich vor allem aus der Falkenstraße fort, weil ich verhindern musste, dass Veras Blick auf Günther zunehmend auch meine Sicht von ihm einfärbte.

Günther erschien mir so viel kleiner und hilfloser als früher, wie jemand, den das Leben mächtig gebeutelt hat, den ich schonen und beschützen musste. Stattdessen traktierte und beschimpfte ich ihn. Wie hätte ich ihn denn anders erreichen sollen? Ich musste ihn schütteln, treten, endlich wachpiksen: Merkst du es denn nicht? Wir verdämmern unser Leben hier auf das Blödsinnigste!

Warum war ich bloß so mies und so böse!

Günther ist nur eine Attrappe. Er ist gar nicht mehr da. Er existiert nicht mal mehr in meinem Kopf. Alles mischt sich. Alles verwischt sich. Die Jugendstilvilla im Dunklen hinter mir, mit für immer geschlossenen Fenstern und Türen, wie das Haus der Kindheit in meinen Träumen. Doch Gott schenkte ihnen keine Kinder, diese alle Hoffnung vernichtende Märchenformel. Meine Nase läuft. Schnupfen und dieses schreckliche Frieren, von innen her. Ein unentdecktes Aneurysma einer gewissen Größe musste irgendwann platzen, sagt der Arzt, eher ein Wunder, dass er damit so lange gelebt hat. Ich kann keine Taschentücher erreichen. Ich rotze ins Wasser und wische mir die Nase mit dem Badewasser ab. Es macht mir schon lange nichts mehr aus, dass ich von Zeit zu Zeit tropfenweise in dasselbe Wasser uriniere.

19

Zu spät, zu spät, denke ich monoton, zu spät, zu spät, wie ein Refrain, der das Pochen des Schmerzes im Bein begleitet, zu spät, zu spät. Der Regen hat aufgehört. Jetzt rauscht nur noch der Wind in den Kastanienkronen des Hinterhofs. Zu spät, zu spät, wie das Rattern eines altmodischen Zugs, in dem ich nach Nirgendwohin unterwegs bin. Eine merkwürdig träge, fast gleichgültige Stimmung breitet sich in mir aus. Alles ganz egal, zu spät, vorüber und vorbei.

Aber wir haben eine Geschichte, sagt Günther.

Was nützt mir eine Geschichte, die ich mit niemandem mehr teilen kann.

Auch dafür braucht ein Ich ein Du, sage ich zu Hille. Zu zweit baut man eine Welt aus geteilten Erinnerungen. Zu zweit lernt man, verdrängt man, deutet man sein Leben um. Man entwickelt eine Zweiersprache, die sich nur teilweise mit der der anderen deckt. Das Gespräch ist das einzige Zuhause, das bleibt, wenn die Selbstentwürfe in der äußeren Welt scheitern. Irgendwann hört man auf, dem anderen übel zu nehmen, dass man selber nicht so ist, wie man eigentlich sein wollte. Das Glück, zusammen allein zu sein. Sich vor dem Einschlafen aneinanderkuscheln, auch wenn die Welt um einen in Stücke zerfällt. Das ist das einzige Gefühl von Sicherheit, das man im Leben vorübergehend haben kann.

Ach so, sagt Hille, und du glaubst also, so geht es den meisten in ihren Ehen?

So ging es mir, verkünde ich unter Tränen, weil mein Bein so scheußlich wehtut, dem finsteren Badezimmer. Und ich habe es verloren, gerade als ich es richtig zu würdigen lernte, leider zu spät, viel zu spät. Noch schmerzlicher war, als ich glaubte, es wiedergefunden zu haben, und sich dies als gemeine Täuschung entpuppte.

Die Brisanz von Aneurysmen liegt in ihrer potenziell tödlichen Rupturgefahr. Sie hätten ihm auch nicht helfen können, wenn Sie im Nebenzimmer gewesen wären, sagte der Arzt. Das kann blitzschnell vor sich gehen. Günthers rechtes Auge sah mich böse an; sein Gesicht war fremd, verzerrt. Das war nicht mein Günther. Wenn das zerebrale Aneurysma auf einen Nerv drückt, kann es zu Gesichtslähmungen kommen, erklärte der Arzt. Die Todesursache war die Hirnblutung.

Bei Mutters Tod vor zwei Jahren kam ich auch zu

spät. Doch sie war alt und es war an der Zeit. Annette sagte vorwurfsvoll: Wieso brauchst du zwei Tage, dich von Frankfurt nach Hamburg zu bewegen, wenn sogar Siri es pünktlich aus Minnesota schafft? Angeblich hat Mutter die anderen drei vor ihrem Tod noch mal erkannt. Wir haben es an ihren Augen gesehen, sagte Annette. Sie würden mir das nicht erzählen, nur um mir ein schlechtes Gewissen zu machen. Dabei wusste Mutter schon bei meinem ersten Besuch im Pflegeheim nicht mehr, wer ich war. Ich hatte mir eigentlich vorgenommen, sie mindestens alle zwei Monate dort zu besuchen, aber irgendwie kriegte ich es nicht hin, und ich weiß auch nicht, warum ich noch so lange herumtrödelte, als Beate anrief und sagte: Sie lallt so komisch, die Ärztin meint, innerhalb der nächsten achtundvierzig Stunden ist es so weit.

Immer war ich im entscheidenden Augenblick nicht da. Zwei Drittel der Betroffenen sterben an oder nach der Gehirnblutung. Der Arzt war der Ansicht, bei Günther sei es sehr schnell gegangen. Vielleicht sagte er das nur, um mich zu beruhigen. Ich werde nie wissen, wie lange er sich tatsächlich quälen musste. Wäre es etwa besser gewesen, er hätte zu den zehn Prozent gehört, die mit schweren Lähmungen, Sprachverlust, Hirnschäden überleben?

Dieses blöde Bein! Schmerzt jetzt höllisch. Angeschwollen wie ein Ballon. Ich kann doch nicht noch mehr Tabletten nehmen, ich habe jetzt schon Magenschmerzen.

Wir haben Mutters 90. Geburtstag noch alle zusammen in ihrer Wohnung gefeiert. Ich fand sie recht gut beieinander, obwohl Beate sich damals schon Sorgen machte. Gedächtnisrisse, manchmal rede sie konfuses Zeug, verlorene Schlüssel seien noch das Harmloseste, neulich habe sie Mutter gerade noch rechtzeitig daran hindern können, die mit Altpapier gefüllte Waschmaschine in Gang zu setzen. Ein halbes Jahr später irrte Mutter früh um sechs im Nachthemd auf der Straße herum, und die Nachbarin, die wir dafür bezahlten, ein wachsames Auge zu haben, konnte sie nur mit Mühe wieder nach Hause führen. Die Übersiedlung ins Pflegeheim arrangierten wir aber erst, nachdem sie sich kurz vor dem 91. Geburtstag bei einem Sturz die Hüfte gebrochen hatte. Danach kam sie nicht mehr richtig auf die Beine. Es war klar, dass Annette und Beate sich am meisten kümmerten. Sie lebten in der Nähe.

Ich versuche, mich an mein autogenes Training zu erinnern, in das Bein hineinzuatmen und mir dabei ganz fest vorzustellen, dass es nicht zieht und sticht, klopft und pocht. Insofern Schmerzen auf Einbildung beruhen, müssten sie jetzt verschwinden. Bilde ich mir auch bloß ein, dass das Rauschen des Verkehrslärms da draußen anschwillt? Ich kneife die Augen zusammen. Ist das nicht schon das bleierne Licht der Morgendämmerung?

Unsere Mutter war bis ins hohe Alter eine gepflegte Erscheinung, reserviert, kontrolliert; sie war stolz darauf, dass sie mit ihrem Haushalt noch allein zurechtkam, und nahm erst in ihren späten Achtzigern gelegentlich und widerstrebend die Hilfe der Zwillinge bei Alltagsverrichtungen an. Schließlich habe sie immer allein zurechtkommen müssen. Sie hatte auch ihren zweiten Mann, der viel älter war als sie, um Jahrzehnte überlebt. Als ich sie das erste Mal im Pflegeheim besuchte, warnte Beate mich, es sei eine seltsame Persönlichkeitsveränderung an ihr zu beobachten. Sie wird manchmal ein bisschen – Beate wand sich – vulgär, ordinär. Unsere damenhafte Mutter? Als wir klein waren, wischte sie uns nachdrücklich den Mund mit einem nassen Waschlappen aus, wenn wir schimpften oder fluchten. Du wirst ja sehen. Sie nimmt jetzt manchmal Worte in den Mund, die einem schier die Spucke rauben!

Mir scheint, das ist tatsächlich die Morgendämmerung! Da draußen auf dem Zubringer schwillt der Verkehrslärm zu seinem vertrauten Morgenchor an. Das Dunkel im Badezimmer verschluckt sich an sich selbst. Um mich herum schälen sich die Konturen der Dinge langsam aus fahlem Grau. Bücherregal, aus der Wanne ragend, Fensterrahmen, Spiegel, Waschbecken, Wandschrank treiben mir entgegen. Ein blasses silbriges Licht flirrt durch Dachluke und Fenster. Die Nacht ist vorüber! Ich habe es geschafft!

Wunderbar erleichternd dabei zuzuschauen, wie die Dinge um mich herum allmählich vertraute Gestalt annehmen, wie die Welt sich von Augenblick zu Augenblick wieder ins Lot rückt. Nach und nach wacht jetzt das Haus unter mir auf, und in Kürze wird dieser Alptraum ganz vorüber sein. Meine Apathie verfliegt. Ich fühle mich auf einmal wach und aufgeräumt. Ich fühle mich wie ein guter Mensch!

Ich schiebe das Bild meiner Mutter beiseite, wie sie mich aus dem Rollstuhl heraus bei meinem ersten Besuch im Pflegeheim streng mustert: Was will denn die da? Und mein unsicheres Lachen: Aber ich bin's doch, Mutter – Ulrike!

Und wann lässt Fritz sich endlich mal blicken?, fragte sie anklagend. Unser vor einem halben Jahrhundert verstorbener Vater.

Er konnte es nicht einrichten, sagte Beate lahm.

Saukerl! Mieses Stück!, schimpfte sie so laut, dass ich zusammenzuckte. Unsere Mutter, diese zierliche, zerbrechliche Person! Männer! Lassen einen im Stich, wenn man sie am meisten braucht!, zischte sie noch hintendrein.

Weg, weg damit! Bis auf die allerletzten Wochen hatte sie doch ein gutes Leben. Und Günther, der sich immer vor dem Alter gefürchtet hat, ist dies alles erspart geblieben. Ich will wieder in meiner Gegenwart ankommen. Ich versuche, in die verschiedenen Etagen hineinzuhorchen. Frau Schulte unter mir ist alt; sie schläft sicherlich lange; ich habe sie noch nie vor zehn Uhr im Treppenhaus getroffen. Doch Frau Türülü aus dem ersten Stock macht sich sicher schon bald mit ihren beiden Königspudeln fertig zum ersten Gassigehen. Ich sehe sie vor mir, wie sie leise vor sich hin singend die Stufen hinabsteigt, einen großen bunten Seidenschal verwegen um die Schultern geschlungen, verrückt, aber irgendwie liebenswert. Im Erdgeschoss hat Bernd Süßmeyer, noch im Bademantel, schon lange die Zeitung aus dem Briefkasten gefischt und ist zurück in seine Wohnung geschlurft. Da sitzt er nun am Küchentisch, bei der ersten morgendlichen Tasse Kaffee, und runzelt die Stirn über dem Blatt, sucht vergeblich seinen letzten Leserbrief. Sie haben ihn wieder nicht abgedruckt! Ich werde ihn trösten müssen. Ein Bettflüchter sei er, hat er mir erzählt, immer früh an Bord, Duschen und Anziehen allerdings erst nach dem Frühstück. Vielleicht hat er auch heute schon vor Morgengrauen am Computer gesessen und die neuen Angebote seiner Partneragentur studiert.

Es wird hell und heller. Das wird heute wohl ein schöner sonniger Tag, nach dem kurzen Regen der Nacht. Auch der Spätsommer hat noch seine Freuden! Jetzt schwingt Hille im kleinen Schlafzimmer ihres Vorstadthauses resolut beide Beine über den Bettrand und begibt sich mit einem nachsichtigen Blick auf den noch schnarchenden Jobst ins Wohnzimmer, um dort, im Schutze der heruntergelassenen Jalousien, ihre zehn Minuten Morgengymnastik zu absolvieren. Erst danach wird sie ihn wecken und sich unter die Dusche begeben. Vielleicht denkt sie sogar an mich, voller Neugier, wie es mir bei meinem Date am gestrigen Abend wohl ergangen ist. Ach Hille, ich hoffe, dir bald davon erzählen zu können!

Vielleicht hat Frau Bisam inzwischen ihre Wohnung schon verlassen und ist auf dem Weg zur Straßenbahnhaltestelle, stapft in ihren Gesundheitsschuhen vor sich hin, den Kopf hoch erhoben, mit grimmigem Blick rekapituliert sie ihre neuesten Ehegeschichten, die sie mir gleich zum Besten geben will. Also, Sie glauben nicht, was der Meinige sich jetzt wieder geleistet hat!

Sie ist bestimmt schon auf dem Weg!, sage ich laut zu meinem Bein, um es zu beschwichtigen. Ich bin ganz aufgeregt. Warum muss es nun zu guter Letzt noch so einen Tanz veranstalten, nachdem es sich doch die ganze Nacht recht wacker gehalten hat.

Schwieriger mir vorzustellen, was Sebastian Bleibtreu im Augenblick macht. Wahrscheinlich ist er erst spät eingeschlafen, weil er, nachdem ich nicht beim Italiener erschien, zu Hause noch ein weiteres Glas

Rotwein trinken musste vor dem Einschlafen, während er darüber nachgrübelte, was mein Verhalten wohl zu bedeuten habe. Vielleicht ist das auch sein erster Gedanke, wenn er jetzt, vielleicht eben gerade, aufwacht. Nein, von sich aus wird er zunächst nicht wieder anrufen; er wird beschließen, die nächste Sitzung unseres Schreibkurses abzuwarten, falls er vorher nichts von mir hört.

Es ist Tag! Endlich Tag. Bald ist es ausgestanden. Da macht es auch nichts, dass eine scheußliche Erkältung spürbar im Anzug ist, Halsschmerzen und immer dieses Niesen. Ich werde Aspirin nehmen und Lindenblütentee trinken und ein paar Stunden oder Tage in meinem warmen trockenen Bett schlafen, was für ein köstlicher Gedanke, und irgendwie wird dann auch das Bein wieder in Ordnung kommen.

Wahrscheinlich fällt schon ein erster kleiner Sonnenstrahl in unseren verwahrlosten Hinterhof. Strahlendes Licht flutet ins Badezimmer. Die bisher noch nicht wach sind, werden es nach und nach, rühren sich unter ihren Decken, gähnen, murmeln und schlagen die Augen auf, und die Gespenster der Nacht verblassen und kriechen hastig wieder unter die Betten in ihre Kisten und Kästen zurück. Ganz bald, ganz bald muss es jetzt acht Uhr sein.

Auf dem kleinen Stadtteilmarkt um die Ecke haben sie unter den Platanen sicher schon längst ihre Stände aufgebaut. Sowie ich hier raus und wieder ganz fit bin, gehe ich rüber und kaufe mir Blumen, Arme von Spätsommerblumen, Sonnenblumen, Dahlien, Zinnien, Chrysanthemen, einen großen bunten Strauß für jedes Zimmer, und frisches Obst und Gemüse dazu. Ich schwebe beschwingt über den Markt, nach einem angenehmen Abend mit Sebastian Bleibtreu. Hier und da halte ich inne für einen netten, belanglosen Schwatz. Plaudere freundlich und einfühlsam mit Mutter und Sohn Althoff aus dem zweiten Stock, zur Abwechslung mal ohne versteckten Spott. Die beiden sind ein skurriles Paar, sie immer vorneweg, klein und grazil, mit schriller Kommandostimme, er hinterher, rechts und links die schweren Taschen schleppend, unterwürfig und einfältig – doch was soll's, immerhin haben sie sich gegenseitig, Mutter und Sohn, ein bisschen krank, doch besser als gar nichts. Ich trinke einen Cappuccino im Café-Bistro an der Ecke, vielleicht kann man sogar noch in der Jacke draußen sitzen, und schaue dem Markttreiben und den trippelnden, pickenden, gurrenden Tauben zu und beschließe, Heinz und Annegret zu mir zum Essen einzuladen in den nächsten Tagen, zu frischem Fisch und südlichem Gemüse, gleich heute werde ich sie anrufen, und auch mit Anna will ich endlich wieder telefonieren, ich habe schon seit zwei Wochen nichts mehr von ihr gehört. Sie hat sich zu einer so sympathischen jungen Frau entwickelt, Günther wäre stolz auf sie. Seit er nicht mehr lebt, besucht sie mich sogar öfter als früher, meist mit den Kleinen, Alexa und Dennis. Natürlich warst du zu meinem dreizehnten Geburtstag genauso eingeladen wie alle anderen! Du musst da irgendwas in den falschen Hals gekriegt haben! Ich bin froh, dass es sie gibt, ein Stück von Günther und noch etwas Eigenes, Kostbares dazu. Heutzutage können wir sogar manchmal zusammen über unsere Konflikte in der Falkenstraße lachen. Wir haben ein Stück gemeinsamer Geschichte. Klar war es schwierig, sagt sie, für alle, aber irgendwie fand ich es doch cool, dass ihr es versucht habt! Und hätten wir damals nicht zusammengelebt, wäre heute Dani nicht meine allerbeste Freundin.

Natürlich kann ich keine Vogelstimmen hören. Zwar gibt es welche in den gezausten Bäumen des Hinterhofs, doch der Sommer hat seinen Zenit ja schon lange überschritten, da singen sie morgens nicht mehr.

Licht, Licht allüberall im Badezimmer. Bald muss auch der Schmerz im Bein aufhören. Die Nacht schmilzt weg. Die Toten ruhn. Und was noch nicht gestorben ist, das macht sich auf die Socken nun. Bald werde ich aus dem Badewasser steigen wie Phönix aus der Asche. Ich schwebe schon jetzt über der Wanne mit meinem Astralkörper. Gib Ruhe, Bein! Mach zu,

Bisam! Vorhang auf für Frau Lotte Bisam! Im Augenblick friere ich nicht einmal mehr. Ich fühle mich nicht müde, nur etwas benommen, fast berauscht, wahrscheinlich habe ich in dieser Nacht zwei Kilo abgenommen, das wäre mal ein guter Nebeneffekt, und ich bin so aufgedreht, als hätte ich drei Gläser Champagner und dazu drei Tässchen Espresso getrunken. Eigentlich ist mir sogar gut warm, endlich wieder. Eigentlich könnte ich jetzt sogar eine kalte Dusche brauchen. Nur zu, Frau Bisam, hereinspaziert! Alle anderen dürfen ruhig mit Ihnen kommen, Hille, Sebastian Bleibtreu schaut ihr neugierig über die Schulter, Frau Türülü zieht den Seidenschal übers Gesicht, ich schwebe über dem Wasser und kichere verlegen, Hille hat ein Badetuch zur Hand, und Heinz und Bernd Süßmeyer, beide vollständig in Weiß gewandet, tragen eine Bahre. Packt schon zu, Jungs, holt uns aus der Wanne, erst das Regal, dann mich! Im Übrigen heißt es Trage und nicht Bahre, denn ich bin ja noch nicht tot, ich soll nur erst mal ins Krankenhaus gebracht werden. Aber das Bein ist gar nicht gebrochen, nur etwas aufgequollen, weil dieses Regal die ganze Zeit auf ihm gehockt hat, die ganze Nacht haben Günther und das Regal mit vereintem Gewicht auf mir gesessen, verkünde ich Hille. Du hast Fieber, sagt Hille.

Das Telefon schellt. In der Diele höre ich meine

etwas grämliche Stimme auf dem Anrufbeantworter behaupten, dass ich nicht da sei. Stimmt doch gar nicht. Und da muss endlich mal eine neue heitere Ansage drauf! Dann spricht Frau Bisam.

Frau Bisam.

Frau Bisam sagt: »Hallo, Frau Reimer, Lotte Bisam hier. Ich wollte nur sagen, es ist wieder ganz arg mit dem Rücken. Der Meinige fährt mich jetzt zum Doktor. Tut mir leid, aber es ist wirklich nicht zum Aushalten. Ich habe heute Nacht kein Auge zugetan. Sie können mich ja anrufen, wenn Sie mich unbedingt die Woche noch brauchen. Sonst nächsten Dienstag wieder.«

Kein Auge zugetan.

Ganz arg. Nicht zum Aushalten.

Sie können mich ja anrufen.

Nächsten Dienstag.

Heute nicht.

Nein!, schreie ich. Neeeeeeiiiiiin! Neeeeeeeeiiiiiiiiiin! Ich winde mich, zapple, schlage mit beiden Armen ins Wasser, und ein wahnsinniger Schmerz schießt vom Bein herauf durch den ganzen Körper, gefolgt von einer schwarzen Welle, die über mich schwappt.

20

Hustenanfall. Kopf hochreißen. Wasser spucken. Schüttelfrost.

Ich muss jetzt ganz schnell nachdenken. Mir was ausdenken. Noch mal schreien. Es ist Tag, vielleicht wird man mich jetzt hören. Aber erst nachdenken, denn Schreien ist anstrengend. Danach habe ich vielleicht keine Kraft mehr für was anderes. Nachdenken ist auch anstrengend. Das hätte ich schon vorher tun sollen. Ich muss ganz schnell denken, mir bleibt nicht mehr viel Zeit. Die Nebelwand ist schon nah. Wenn ich weiter nur warte, bin ich nächsten Dienstag tot. Wahrscheinlich eher. Die Halsschmerzen. Fieber. Lungenentzündung. Oder was. Hille wird mich erst Freitagnachmittag vermissen, da sind wir verabredet. Oder schon eher? Sie ruft heute bestimmt noch mal an. Doch nur noch einmal, danach ist sie beleidigt und denkt, ich will geheimniskrämern. Kann ich bis Freitag, Samstag, nächsten Dienstag überleben? Wie viele Nächte und Tage sind das? Und wenn Frau Bisam dann immer noch Rückenschmerzen hat? Die blöde Kuh. Sonst ist sie so zuverlässig. Nicht noch eine einzige solche Nacht!

Da war ein wichtiger Satz, an den ich mich erinnern wollte. Irgendwas Tröstliches von Günther. Zerfasert. Keine Zeit, darüber nachzudenken. Sonst komme ich hier nie mehr raus.

Ich stecke im Nebel, auf dem Grund eines tiefen Brunnenschachts. Ganz oben, weit weg das Tageslicht, ein schwacher Schimmer, die Brunnenöffnung hoch über mir ein rechteckiger Ausschnitt. Vielleicht ist es auch eine Szene aus einem Film, die ich erinnere, allerdings schrecklich wirklich. Jemand hat mich in den Brunnen geschubst, heimtückisch von hinten, als ich mich tief über den Abgrund beugte, um Ichweißnichtwas zu suchen. Nun finde ich mich hier unten im Feuchten, Kalten, Dunklen, und oben haben sie die schwere Abdeckplatte wieder über die Brunnenöffnung geschoben, sodass nur noch ein Hauch von Tageslicht zu ahnen ist. Ich klebe im Schlamm, mit kaputtem Bein, wie soll ich bloß damit hochklettern, ein schwerer brummender Schädel dazu. Doch ich muss, ich will leben, ich muss innen an den glitschigen Brunnenwänden hoch, mit den Händen, dem Rücken, den Füßen mich abzustützen versuchen und mich Zentimeter für Zentimeter den Schacht hinaufarbeiten. Eigentlich habe ich keine Chance. Trotzdem mühe ich mich wie wahnsinnig, kämpfe mich Handbreit um Handbreit höher, reibe mir den Rücken an dem harten Stein wund, gegen den ich mich stemme, Handflächen und Füße gegen die andere Seite gedrückt, die Hände sind aufgerissen und bluten, ein Schuh ist unten im Schlamm geblieben. Meine Glieder sind kalt und klamm. Ich arbeite mich keuchend, Zentimeter für Zentimeter voran, der kleine graue Lichtstreifen schimmert endlos weit über mir. Und immer wenn ich einen halben Meter geschafft habe, sacke ich wieder hinunter auf den Grund, ins kalte, schlammige Wasser.

Man kann also tatsächlich in der Badewanne sterben. Das ist schrecklich. Lächerlich schrecklich.

Ich komme hustend wieder zu mir. Mehr Wasser geschluckt. Schüttelfrost.

Es wird ernst, sagt Günther leise irgendwo neben mir.

Es ist aus, verkündet Bodo. Er tänzelt auf dem Rand des Brunnens und breitet weit die Arme aus.

Ich werde ihnen nicht das letzte Wort lassen. Ich sage auch was: Ich will hier raus. Doch ich weiß, dass mir nicht mehr viel Zeit bleibt. Ich stoße mit dem Metallstab, mit dem man die Dachluke öffnet und schließt, wie verrückt auf den Badezimmerfußboden. Immer wieder, immer wieder. Mit aller Kraft, ein Trommelfeuer, das ist mühsam. Dabei, soweit es geht, aufgerichtet, über den seitlichen Rand der Wanne gebeugt. Nach einiger Zeit sinke ich erlahmt ins Wasser zurück. Du Dummkopf. Frau Schulte ist schwerhörig. Sie würde nicht mal eine Explosion hören.

Fieberhaft drehe ich den Wasserhahn bis zum Anschlag auf. Warum bin ich darauf nicht schon eher gekommen? Ich werde die Badewanne zum Überlaufen bringen, das Badezimmer unter Wasser setzen. Wenn es durch die Decke auf Frau Schulte tropft, wird sie sich was denken. Sie wird bei mir anrufen, bei mir schellen, sie wird, wenn es immer weitertropft, meine Wohnungstür aufbrechen lassen.

Die Wanne will und will nicht ordentlich überlaufen. Natürlich, da ist das Überlaufventil, das müsste ich abdichten. Mit dem Handtuch verschließen. So anstrengend. Alles so anstrengend.

Wie lange dauert es, bis eine Decke durchfeuchtet? Vielleicht geht Frau Schulte nur zweimal am Tag in ihr Badezimmer. Es gibt ja separate Toiletten. Warum dauert es so schrecklich lange, bis die Badewanne überläuft? Ich kann das Ventil nicht länger zuhalten. Keine Kraft mehr. Wie dämlich ich doch bin! Es ist doch gar nicht nötig, die Wanne zum Überlaufen zu bringen, ich muss nur den Schlauch mit dem Duschkopf über den Wannenrand hängen und den Wasserhahn andrehen, um das Badezimmer unter Wasser zu setzen! Wer weiß, wann es zu tropfen beginnt da unten, vielleicht bildet sich erst nach Stunden oder Tagen ein feuchter Fleck an der Decke, den Frau Schulte nicht mal bemerkt, wochenlang, monatelang, solange sie nicht selber in der Wanne liegt und nach oben schaut. Dann bin ich schon tot und im Wasser verwest. Vielleicht badet sie überhaupt nicht mehr, weil sie alt ist. Vielleicht duscht sie nur noch.

Bisher erst eine Pfütze am Boden. Nun werden auch die Bücher auf dem Flauschteppich wieder nass werden, die ich gestern als Erstes aus dem Badewasser gerettet habe. Erst mal ein bisschen ausruhen.

Oder besser noch mal schreien. Ich schreie: Hilfe! Hilfe! 4. Stock! Reimer! Hilfe! Hilfe! Ich schreie wohl eine Viertelstunde. Vielleicht auch nur drei Minuten. Bis ich heiser bin. Bis ich nicht mehr kann. Mir ist heiß und kalt, kalt und heiß. Dazwischen drifte ich manchmal weg. Ich registriere das sehr wohl, dieses Kommen und Gehen in meinem Kopf. Es bleibt nur noch wenig Zeit.

Wer erzählte neulich von dem Studenten, der, allein in den Bergen unterwegs, ein paar Meter tief abgestürzt war? Im Abrutschen, wohl weil er Halt suchte, hatte sich seine rechte Hand in einer Felsspalte eingeklemmt. Er hätte nicht allein in den Bergen wandern sollen. Dagegen kann mir niemand einen Vorwurf daraus machen, dass ich allein in die Wanne gestiegen bin. Der Student wartete stundenlang, vielleicht auch eine ganze Nacht wie ich, darauf, dass jemand vorüberkäme. Kam aber niemand. Allmählich dämmerte ihm, dass er hier sterben würde, wenn es ihm nicht gelänge, die Hand aus der Felsspalte zu bekommen. Gezogen und gezerrt und gerissen hatte er schon reichlich, unter solchen Schmerzen, dass ihm ein paarmal vorübergehend das Bewusstsein schwand. Zuletzt suchte er mit der linken Hand im Gepäck sein Klappmesser und schnitt die eingeklemmte Hand am Gelenk ab. Danach gelang es ihm, sich bis zu einer stärker begangenen Route zu schleppen. Er wurde gerettet.

Ich kann mein Bein nicht oberhalb des Knies durchtrennen. Ich habe nur eine kleine Nagelschere in Reichweite. Beine sind viel dicker als Arme, meine zumal. So oder so würde ich Vergleichbares nicht fertigbringen.

Lass dir was einfallen, solange du zwischendurch noch einigermaßen bei Verstand bist!, wispere ich.

Bodo steht mit ausgebreiteten Armen auf der Brücke und flüstert beschwörend: Spring! Spring! Es ist ganz einfach! Er macht es mir vor und fliegt davon.

Plötzlich durchschießt mich die Hoffnung, der hohe Wasserstand von eben könnte vielleicht die feste Verankerung des Regals gelockert haben. Vielleicht hat das Wasser das Möbel freigeschwemmt oder wenigstens ein paar Millimeter hochgedrückt. Inzwischen bin ich zu schwach, es zu stemmen, so oder so. Stattdessen umfasse ich noch mal mit beiden Händen mein Bein oberhalb des Knies und zerre daran. Ich schreie vor Schmerz. Es tut so weh, als würde ich das Bein wie der Student durchsägen. Physik!, sage ich mir. Dumme Nuss! Physik! Das Regal ist keineswegs hochgedrückt worden, es ist im Gegenteil das Holz im Wasser so aufgequollen, dass das Ganze noch fester klemmt als zu Beginn. Ich weine. Weinen ist dumm. Energieverschwendung. Es hindert am Nachdenken.

Ohne einen richtigen Plan – es hapert mit dem systematischen Nachdenken – beginne ich, Gegenstände gegen das kleine Fenster am Fußende der Wanne zu werfen, die Nagelbürste, die Nagelschere.

Aufhören! Was soll das! Das Ergebnis ist nur, das ich das zuvor einen Spaltweit offene Fenster zugeworfen habe. Jetzt kann man mich von draußen, falls da einer im Hof ist, noch schlechter rufen hören. Dumme Nuss! Dumme Nuss!

Ich muss den Fensterflügel mit dem Metallstab erreichen, mit dem ich normalerweise die Dachluke öffne. Keine Chance. Ich kann mich halb aufgerichtet kaum im Sitzen halten, ich müsste den Stab, um das Fenster wieder ganz zu öffnen, hinter, unter den Fensterrahmen schieben. Erreiche aber mit der Spitze nur knapp die Mitte der Fensterscheibe, wenn ich mich, so weit es geht, vorbeuge. Die Schmerzen sind kaum zu ertragen. Das Fenster zerschlagen! Der Gedanke kommt mir blitzartig, und sogleich beginne ich, den Stab gegen das Glas zu stoßen, ohne viel nachzudenken. Die Scheibe zersplittert. Ich jubele. Weiter! Weiter! Endlich kann ich irgendwas ausrichten, auch wenn es vielleicht zu nichts gut ist. Vielleicht ist zufällig jemand im Hof, um den Mülleimer zu leeren, einer, der das Klirren hört und es Glasscherben regnen sieht. Der wird doch dann wohl was unternehmen. Hilfe!, rufe ich und stoße noch mal und noch mal zu. Da rutscht der Metallstab aus meiner Hand und fällt weit außerhalb meiner Reichweite zu Boden. Nicht jammern, hält auf. Ganz schnell ganz viele Dinge aus dem Fenster werfen, damit der Mensch im Hof, falls es ihn gibt, aufmerksam wird.

Die Haarbürste. Kracht gegen den Spiegel und prallt von der Fensterbank wie ein Bumerang zurück in die Mitte des Raums. Der Waschlappen. Rutscht vor dem Fenster die Wand entlang zu Boden. Nicht ablenken lassen. Die Seife. Die befördere ich im Schwung durch das Loch in der Scheibe. Doch nie im Leben wird sich jemand über ein Stück Seife auf dem Pflaster des Hinterhofs wundern. Jeder wird denken, dass sie aus einer überquellenden Mülltüte geflutscht ist. Leute werfen alles weg. Ich packe die Thermoskanne, in der mein Tee war, gestern, vor tausend Jahren, mit beiden Händen und schleudere sie mit aller Kraft gegen das Fenster. Ein paar weitere Glasscherben splittern und treten mit der Kanne den Flug in den Hof an.

Keuchend halte ich inne. Ein kleiner Erfolg. Aber jetzt gibt es wirklich nichts mehr zu werfen. Wenn jetzt nichts passiert. Wenn es immer noch keiner mitbekommen hat! Niemand ruft. Niemand schellt. Jemand müsste doch Hallo! rufen. Hallo? Ist da oben alles in Ordnung? Nichts. Und nichts mehr zu werfen.

Nun muss ich vielleicht die nächste Nacht mit einem zerbrochenen Fenster in noch größerer Kälte und Dunkelheit verbringen. Die wirklich schrecklichen Dinge passieren nicht in der Einöde, abseits der Zivilisation, sondern mittendrin. Da war diese alte Frau, die im letzten Winter zwischen ihrer Haustür und dem Gartentor erfror, weil sie auf dem Weg zum Briefkasten gestürzt war und sich das Bein gebrochen hatte. Niemand sah sie. Niemand hörte sie rufen. Eine Nacht wie die vergangene halte ich nicht noch mal durch. Und wenn dir nichts anderes übrig bleibt? Andere haben schon ganz anderes durchgehalten.

Würde ich selber in diesem Augenblick mit meinen Mülltüten im Hinterhof stehen, ich würde nach oben schauen. Wer macht sich da einen sonderbaren Zeitvertreib?, würde ich denken. Aber nur, wenn ich nacheinander alles hätte runtertrudeln sehen. Nicht wenn ich auch nur eine Minute später in den Hof getreten wäre. Dann würde ich bloß denken: Was soll die alte Thermoskanne? Manche Leute sind so schlampig, dass sie die Hälfte von ihrem Müll neben die Tonne kippen! Und ich würde wieder zurück ins Haus schlurfen. Ich weiß nicht, ob man das zerbrochene Fenster von unten sehen kann. Wahrscheinlich nicht. Auf jeden Fall müsste man dafür erst mal hochschauen.

Ich bin so erschöpft von all der Anstrengung. Mir ist schwarz vor Augen und schwindelig. Zeit vergeht. Das Wasser, das unaufhörlich aus dem über dem Wannenrand hängenden Duschkopf in den Raum plätschert, hat sich inzwischen auf dem gesamten Fußboden ausgebreitet. Vielleicht wird es doch bald aus der Decke auf Frau Schultes Kopf tropfen. Mein Blick fällt auf die Bücher, die seit gestern Abend auf dem inzwischen patschnassen Flauschteppich liegen. Fontanes gesammelte Werke. Ich recke mich, so weit es geht, über den Wannenwand und fische mit der Hand nach dem äußersten Zipfel des Teppichs. Bekomme ihn zu fassen, ziehe ganz vorsichtig daran, er ist scheußlich schwer im nassen Zustand, ziehe langsam, langsam, bis all die Bücher sich direkt neben der Wanne befinden. Packe einen schon feuchten Fontane und werfe ihn zum zerbrochenen Fenster raus. Der dicke »Stechlin«. »Vor dem Sturm«, noch dicker, noch besser. »Frau Jenny Treibel«, ein Leichtgewicht, geht zwischen Spiegel und Fenster zu Boden und irgendetwas geht mit ihr zu Bruch. »Irrungen – Wirrungen« findet seinen Weg. Alle wollte ich sie wieder lesen. »Schach von Wuthenow« fliegt daneben, ins Waschbecken. Wenn es Bücher regnet, müsste es doch jemand merken! Ich bekomme noch zwei namenlose Romane zu fassen, keine Zeit, die Titel anzuschauen, einige weitere Bücher sind vom Teppich in die umgebende Pfütze gerutscht, ich kann sie nicht erreichen. Ende. Jetzt habe ich alles getan, was ich tun konnte. Jetzt darf ich mir ein bisschen Ruhe gönnen. Ich falle zurück ins Badewasser, das auf einmal wieder eisig kalt ist. Einstweilen keine Kraft, warmes Wasser in die Wanne nachlaufen zu lassen.

Einmal hat es geschneit, während ich mit Bodo in unserem kleinen Hotel war. Wir merkten nichts davon. Wahrscheinlich fanden wir es nur stimmig, dass alle Geräusche, die von draußen herein an unser Bett fanden, seltsam gedämpft klangen. Und dann war die Welt, in die wir nach Stunden hinaustraten, nicht mehr die, die wir zuvor verlassen hatten. Eine Art Zeitlosigkeit hatte sich über die kleine Stadt am See gestülpt. Es gab nur noch ihn und mich in der schwarzweißen Lautlosigkeit der Nacht, und er fuhr mit dem Auto fort, zurück in ein wirkliches Leben, und ließ mich außerhalb von Raum und Zeit allein.

Auch jetzt schneit es schon eine Weile durch die Dachluke. Dabei ist doch noch gar nicht Winter. Ich tänzele mit Günther durch den verschneiten Wald, im ersten Schnee des Jahres. Es geht uns gut, sag auch, dass es uns gut geht! Spaßeshalber singen wir Weihnachtslieder. Morgen, Kinder, wird's was geben, morgen werden wir uns freuen! Hand in Hand, allein zu zweit, wandern wir durch eine japanische Tuschezeichnung, zwischen schwarzen Baumstämmen auf weißem Grund, unter bizarr gereckten schwarzweißen Ästen. Kitschig schön, sagt Günther, lass uns zum Italiener essen gehen! Ich küsse ihn, über unser Bett gebeugt, am nächsten Morgen so leicht, so flüchtig, er schläft noch halb und murmelt schlaftrunken: Bis bald!, und ich fliege nach Berlin.

Er war allein mit seiner Angst, als er starb. Ertrinken, Lawine, Aneurysma, letztlich ist das egal. Es ist weiß und kalt. Wäre da nicht der Schmerz im Bein, hin und wieder aufflammend, würde ich mich ganz körperlos fühlen. Es schneit vom Himmel in die tiefsten Klüfte, es schneit und schneit, der Schnee tänzelt vor meinen geschlossenen Augen. Schöne große kristallene Flocken, die decken mich allmählich zu.

21

Von fern ein Martinshorn, doch ich fürchte, es gilt
nicht mir. Immer wieder klingelt das Telefon, doch
niemand spricht auf den Anrufbeantworter. Manchmal höre ich Hille von Weitem Ulli! rufen. Ulli, melde dich! Geh dran, bitte! Ulli, ich mache mir Sorgen!
Das ist lieb von dir. Ich mache mir auch schreckliche
Sorgen, Hille. Manchmal sind Stimmen vor meiner
Wohnungstür. Du hättest auf mich hören sollen, sagt
Hille. Was meint sie jetzt wieder? Duschen statt baden? Keine Bücher im Badezimmer? Ein für alle Mal
die Männer aufgeben? Klopfen, Poltern, laute Rufe:
Ist da jemand? Wenn ich das selber wüsste. Sind Sie
zu Hause, Frau Reimer? Ist alles in Ordnung? Nein!,
schreie ich, nichts ist in Ordnung! Holt mich hier
raus! Ich denke, dass ich das schreie, aber womöglich
bringe ich überhaupt keinen Ton heraus.

Ich bin kalt. Ich bin heiß. Ich bin weg. Ich bin
wieder da. Alles wie gehabt, ich, die Wanne, das
Regal. Ich in der Badewanne und das Bücherregal,

das mich erdrückt. Lieber Gott, ich will hier raus, wimmert jemand. Raus aus dem nassen kalten Grab! Lebendig begraben. Verschüttete unter einer Lawine leben nicht lange. Bergarbeiter in einer eingestürzten Grube, wenn sie ein Luftloch haben, achtundvierzig Stunden – oder sogar länger? Manche liegen nach einem Erdbeben unter Trümmern tagelang mit zerquetschten Gliedern und halten aus, halten aus. Vor mir die fett gedruckte Schlagzeile: Frau überlebte eine Woche eingequetscht in Badewanne! Das Wunder von der Bismarckstraße 40!, ruft eine enthusiastische Radiostimme. Luft zum Atmen hatten Sie ja reichlich und waren nur ein bisschen zerquetscht, mehr innerlich als äußerlich. Dann eine andere Schlagzeile: Frau in Nussschale ertrunken. Jeder bekommt, was er verdient. Immer noch fließen die Sprüche.

Warum bin ich nicht einen Tag früher aus Berlin zurückgekommen? Er wäre so oder so gestorben, sagte der Arzt, er wollte mich entlasten. Ich hatte nur einen einzigen Tag an die Konferenz angehängt, weil ich Konrad nach langer Zeit wieder mal treffen wollte. Wir schliefen schon Jahre nicht mehr miteinander, aber es hing noch immer ein Hauch von Erotik in der Luft, wenn wir uns begegneten, selten genug, warum nur habe ich Günther nicht davon erzählt, er hätte es mir doch gegönnt. Grüß ihn von mir, hätte er gesagt. Stattdessen ist er gestorben, während ich mit Konrad beim Italiener saß. Man kann nie wissen, wann ein Aneurysma platzt. Ich glaube, er ist zur Wohnungstür gelaufen, weil er mich suchte.

Ich zittere am ganzen Leib, meine Zähne schlagen unerbittlich aufeinander. Die Schüttler nach dem Ersten Weltkrieg. Großvater war so einer, nach einer Explosion einen Tag lang verschüttet. Er wurde das Zittern nie wieder los, erzählte Mutter, bis zu seinem frühen Tod, und wie unheimlich er ihr deswegen war, als er aus dem Lazarett zurückkehrte. Jetzt schüttelt es auch mich, vor Kälte. Bei den Bhagwanis begannen die Sitzungen meist mit einer Schüttelmeditation, einem Tanz, bei dem man Arme und Beine ausschüttelte, jetzt weiß ich plötzlich, warum ich das immer so scheußlich fand. Sie veranstalteten das aus Jux, bei Großvater riss das schiere Grauen an den Gliedern.

Als ich Mutter das letzte Mal vor ihrem Tod im Pflegeheim besuchte, wurde sie gerade gebadet. Sie saß nackt in einer Art Sessellift, der per Knopfdruck in die Badewanne hinabgesenkt wurde. Sie beachtete mich anfangs gar nicht, patschte mit den Händen in das Wasser wie ein Kind.

Ich hoffe, Sie haben ein bisschen Zeit mitgebracht, wir brauchen etwa eine halbe Stunde, sagte die Schwester. Ihre Mutter hängt so sehr an ihrem Bad, und wir können es personaltechnisch nur ein-, zweimal die Woche einrichten. Da wäre es schade, es heute ausfallen zu lassen. Wollen Sie nicht lieber draußen warten?

Ich bin die Tochter!, sagte ich empört.

Doch Mutters Anblick war für mich schwer zu ertragen. Sie war bis ins Alter eine schöne Frau gewesen, und jetzt diese nackte Greisin, ein kleines Skelett, an dem die Haut in Wellen hing, die Brüste zwei lappige Taschen bis zum Bauchnabel, die von der Osteoporose verkrümmte Wirbelsäule formte einen Buckel wie im Märchenbuch. Ihre langen zittrigen Finger fuhren unmotiviert durch die Luft und stachen ins Wasser, während von Zeit zu Zeit ein verstohlener Blick unter halb geschlossenen Lidern in meine Richtung fuhr.

Wahrscheinlich erkennt sie mich doch. Sie will mich nur nicht kennen. Ich überwinde mich, trete neben die Pflegerin, will mich nützlich machen, damit es nicht so schrecklich ist. Ich krause dir den Krüsselskopp, Hahn oder Bock? Raus!, schreit Mutter da plötzlich. Raus! Weg mit dir!, und schlägt wütend auf das Wasser ein. Sie warten doch besser draußen, meint die Pflegerin, als ich verstört zurückweiche. Sie regt sich manchmal ganz plötzlich auf. Doch sie beruhigt sich meist schnell wieder.

Raus! Weg! Mit welcher Wut! Für wen hielt sie mich? Ich habe den Zwillingen und Siri nie davon erzählt. Als ich eine halbe Stunde später an ihrem Bett saß, lächelte sie freundlich, plapperte einfältige Sätze, die ich nicht ganz verstand, Schwesterchen, sagte sie zu mir und hielt meine Hand. Da war ich wohl die Pflegerin. Telefonklingeln und Stimmen in meinem Kopf. Ein Interviewer fragt: Werden Sie je wieder ein Wannenbad nehmen, Frau Reimer? Welches Buch würden Sie unseren Lesern beim Baden empfehlen? Nennen Sie die größten Fehler Ihres Lebens! Was sagen Sie zu der Unsitte, in Privathaushalten exotische Raubtiere in der Badewanne zu halten?

Wenn ich ein bisschen müde werde und mein Körper im Einnicken leicht nach vorne rutscht, entsteht eine Art Stau im gequetschten Bein, das dann wie ein Bremsklotz wirkt und mich mit explodierenden Schmerzen weckt. Wie viele körperliche Beschwerden man auf einmal haben kann, ich bin zu müde, sie mir einzeln aufzuzählen. Zusammen münden sie von Zeit zu Zeit in ein schrilles Crescendo.

Vor der Tür wieder Poltern, Stimmen. Da muss doch jemand sein. Oder findet das alles nur in meinem Kopf statt? Hier!, rufe ich für alle Fälle. Hier bin ich! Brechen Sie die Tür auf! Man muss sie gewaltsam öffnen! Der Interviewer fragt: Woran haben Sie gedacht, als Sie in die Wanne stiegen? Werden Sie uns verraten, warum Sie sich das Leben nehmen wollten? Aber so war es doch gar nicht, im Gegenteil! Die Badewanne wollte mich plötzlich nicht mehr loslassen.

Eine Badewanne ist kein apokalyptischer Ort, sie

steht im Mittelpunkt der Zivilisation. Sicher haben sie inzwischen deine vielen Botschaften gefunden. Deine Hilferufe entschlüsselt. Jemand wird kommen und dich befreien. Ich wiederhole diese Sätze mehrfach, laut, damit sie nicht verloren gehen. Bis dato habe ich nicht nennenswert zu Selbstgesprächen geneigt, wenn ich allein war. Doch irgendwann fängt man damit an. Dies ist nicht die hohe See, es ist keine Einöde, kein Dschungel. Es ist ein blödes, peinliches Missgeschick. Das Peinliche als die finale Katastrophe. Da war der nackte Mann an der Autobahn, der um Hilfe rief und winkte, man hatte ihn zusammengeschlagen, ausgeraubt, ihm die Kleider abgenommen; er schleppte sich mit letzter Kraft an den Rand der Autobahn, da glaubte er sich gerettet. Doch niemand hielt an. Niemand hat auch nur die Polizei gerufen. Er starb, während Auto um Auto an ihm vorüberrauschte.

Von guten Mächten wunderbar geborgen, singe ich. Das ist das Pfeifen im Wald. Ulrike Reimer, die Verrückte, pfeift in der Badewanne. Meine Mutter, die Greisin, fährt im Sessellift in das Badewasser hinunter; das Baden scheint ihr mächtig Spaß zu machen; sie planscht im Wasser, und während sie lacht, rutscht ihre obere Prothese im halb geöffneten Mund ein Stück nach vorne und ein bisschen heraus. Sie bleckt einen Satz zu großer gelber Zähne in dem kleinen ausgetrockneten Gesicht und lacht mich aus.

Hille hockt auf dem Klodeckel neben der Badewanne. Sie sagt: Dieser Dicke aus dem zweiten Stock hat deine Bücher im Hof gefunden. Dein Name stand überall drin. Ja, das habe ich schlau angestellt, nicht wahr? Ich klatsche begeistert über mich in die Hände. Der Mann auf dem Balkon des Nachbarhauses hat gesehen, wie du sie aus dem Fenster warfst. Der nackte Yogi?, frage ich kichernd. Althoff hat bei Süßmeyer geklingelt. Süßmeyer und Althoff haben mich geholt. Moment mal, woher soll Süßmeyer denn Hilles Adresse haben? Ist doch egal, sagt Hille. Hier sind wir, um dir aus der Patsche zu helfen. Doch du hast eine schöne Bescherung angerichtet, tadelt sie. Der Wasserfall schwappt schon im Treppenhaus abwärts.

Ich soll Süßmeyer Hilles Adresse gegeben haben?

Na denn. Ich muss jetzt gehen, Jobst vom Zahnarzt abholen.

Halt! Halt!, rufe ich. Holt mich doch erst mal hier raus! Doch Hille ist schon wieder verschwunden.

Meine Mutter fährt am unteren Ende der Badewanne in ihrem Sessellift rauf und runter, rauf und runter. Wir sitzen jetzt in einem Boot. Mal verschwindet sie ganz hinter dem Regal, dann taucht sie triefend wieder über ihm auf, ihre dünnen grauen Haare hängen nass um ihr kleines schrumpeliges Gesicht; sie fletscht die Reihe ihrer zu großen künstlichen Zähne und schüttelt sich vor Lachen. Wasch mir den Pelz, aber mach mich nicht nass!, ruft sie mir zu.

Plötzlich habe ich einen Krampf im freien Bein, ein höllischer Schmerz. Man müsste an der Fußspitze ziehen, um ihn zu stoppen, aber ich kann mit der Hand den Fuß nicht erreichen. Ich brülle vor Qualen, packe die vor mir aufragende Schmalkante des Regals mit beiden Händen, hänge mich zappelnd daran. Und spüre, wie ein Ruck durch das Möbel geht. Ich falle zurück ins Wasser, das Regal reißt aus seiner Verankerung, die Schmalseite donnert gegen meinen Schädel. Dann ist erst mal wieder Ruhe.

22

Ich huste und würge. Ich schlucke und spucke. Aber ich bin noch da. Und weiß trotz des dröhnenden Schädels erstaunlich genau, wer und wo ich bin. Das Regal hat sich aus der Verkeilung gelöst. Es liegt jetzt mit der Längsseite, leicht auf den Rücken geneigt, halb im, halb auf dem Wasser und füllt so fast die gesamte Badewanne aus. Mein Bein hat es freigegeben, aber oben drückt es auf meine Brust. Ich muss es über Bord stoßen, kippen und dann aus der Wanne klettern.

Schwach, so schrecklich schwächlich. Laut rufe ich meine allerletzten Kräfte auf, mir zur Hilfe zu kommen. Ziehe das rechte Bein an, bis ich im unteren Ende der Wanne das Gewicht des Regals auf dem Knie spüre, und versuche zugleich, mit dem Oberkörper tiefer ins Wasser gleitend, am oberen Ende beide Arme darunter zu bekommen. Ich muss es ja nur zur Hälfte über die Höhe des Wannenrandes hieven, den Rest wird die Schwerkraft besorgen. Stemmen. Luft holen. Stemmen. Es hebt sich, schwankt. Zur Seite kippen. Es kracht mit einem dumpfen Ton auf den feuchten Wannenvorleger.

Ich könnte weinen vor Glück. Aber noch bin ich selber nicht draußen, und das erweist sich als schwieriger. Ich bin über Nacht aufgequollen und so unendlich schwer geworden, als hätte ich mehrfach die ganze Wanne leer getrunken. Da sitze ich, versuche vergeblich, mich seitlich am Wannenrand hochzuziehen oder mit den Händen hinten abzustützen und aufzurichten. Oder mich zur Seite, auf den Bauch zu drehen und auf die Knie zu gelangen. Ich kann das kranke linke Bein nicht aufsetzen. Es schmerzt höllisch, will nicht bewegt werden, es findet sich offenbar frei im Wasser schwebend am besten aufgehoben. Es will hier nicht raus. Aber den Gefallen kann ich ihm nicht tun, obwohl ich es am liebsten in der Badewanne zurückließe. Irgendwie schaffe ich es nach längerem Laborieren, den Oberkörper bis zur Taille über den Wannenrand zu schieben. Da hänge ich zur Hälfte über der Reling, im luftleeren Raum, stütze mich mit beiden Händen auf dem am Boden liegenden Regal ab. Erst ziehe ich Bauch und Po und dann die Beine nach. Als das kranke Bein plump auf das Regal schlägt, verliere ich mich wieder in einem schwarzen See.

Kein Zeitgefühl. Ich bin eiskalt, schlottere; es ist wohl das konvulsivische Zittern, das mich zurück ins Bewusstsein holt. Ich finde mich bäuchlings halb auf dem Regal liegend, das kranke Bein und der linke Arm hängen in der Pfütze auf dem Boden. Zum Glück fließt kein Wasser mehr in den Raum. Ich habe den Hahn wohl vorhin noch abgestellt. Der Rest muss kriechend bewerkstelligt werden. Auf dem Bauch robbend, das kranke Bein hinter mir her schleifend, durchquere ich das Schlachtfeld. Es dauert seine Zeit, bis ich kniend die Klinke der Badezimmertür zu fassen bekomme, eine schreckliche Tortur für das Bein. Jetzt trennen mich nur noch vier Meter vom Telefon auf der Kommode. Hille oder 110? Auch in der Diele steht das Wasser, auf dem dicken feuchten Teppich komme ich in meiner Schneckenspur schwerer voran als auf den nassen Fliesen. Das Telefon läutet. Lieber Gott, lass es Hille sein! Ich erreiche die Kommode, als mein Spruch zu Ende geht.

Bernd Süßmeyers Stimme sagt: Bei mir ist heute Morgen ein Päckchen für Sie abgegeben worden. Es ist jetzt Dienstagnachmittag. Melden Sie sich doch, wenn Sie wieder zu Hause sind.

Ich zögere nur wenige Sekunden, bevor ich mich mit dem Oberkörper an der Kommode hochschiebe und nach dem Telefon angele. Bitte rufen Sie einen Krankenwagen! Den Notarzt! Meine Stimme muss grauenhaft klingen, hohl und gruftig. Ich könnte immerfort brüllen vor Schmerzen.

Um Gottes willen, was ist passiert? Ich bin sofort bei Ihnen!

Hille wäre mir lieber, aber er ist in der Nähe. Jetzt muss ich nur noch die drei Meter bis zur Wohnungstür zurücklegen. Der eierschalfarbene Teppich ist blutverschmiert. Wahrscheinlich bin ich im Bad über einen Fenstersplitter gekrochen. Auf dem Weg zur Tür reiße ich einen Mantel von der Garderobe; es fallen gleich noch einige Jacken hinterher. Kniend die Tür zu öffnen ist schwer genug. Da muss ich nicht auch noch nackt sein.

Große Romane im kleinen Format

Jetta Carleton
Wenn die Mondblumen
blühen

Katharina Hagena
Der Geschmack
von Apfelkernen

Noëlle Châtelet
Die Klatschmohnfrau

Anita Lenz
Wer liebt, hat Recht
Die Geschichte eines
Verrats

Renate Feyl
Die profanen Stunden
des Glücks

Herrad Schenk
In der Badewanne

Alle Titel in bedrucktem Leinen
mit Lesebändchen

www.kiwi-verlag.de